O —

editora Urutau

rua do cajú, 478,
jardim das cerejeiras
06724-015
cotia-sp (brasil)

avenida peirao besada, 6 – 2D
36163 poio-pontevedra
(espanha)

[+34] 644 951 354 [espanha]
[+55] 11 9 4859 2 426 [brasil]

www.editoraurutau.com.br
contato@editoraurutau.com.br

[EDITORA]
debora ribeiro rendelli
[REVISÃO]
juliana palermo
[PROJETO GRÁFICO]
wladimir vaz
[COORDENAÇÃO GRÁFICA]
tiago fabris rendelli
[DIAGRAMAÇÃO]
victor h. azevedo
[CAPA]
victor h. azevedo, sobre gravura russa

dados internacionais de catalogação na publicação (CIP) de acordo com ISBD

V633c

vicentini, bruno
ciranda da catarina e outros contos / bruno vicentini. — cotia : urutau, 2022. 116 p. ; 13cm x 19cm.

ISBN: 978-65-5900-297-9

1. literatura brasileira. 2. prosa. 3. conto. il. título.

2022-1801

CDD 869.8992
CDU 821.134.3(81)

elaborado por odilio hilario moreira junior - CRB-8/9949

CIRANDA DA CATARINA
E OUTROS CONTOS

BRUNO VICENTINI

[primeira edição]
URUTAU
junho de 2022

sumário

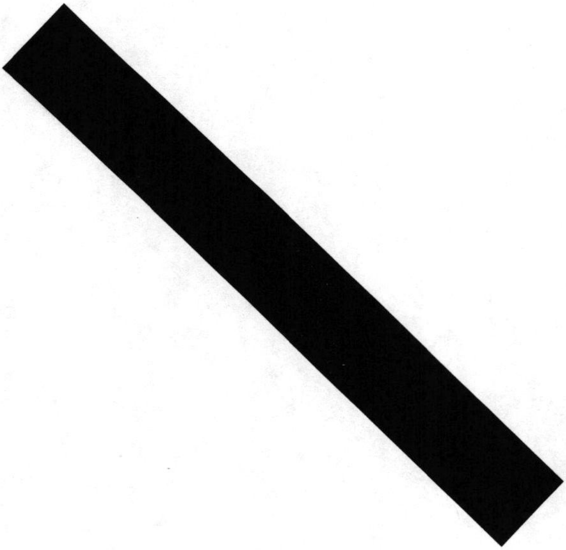

Uma outra oportunidade

Antes, parece recomendável (ou, antes, fundamental, ou, pelo menos, prudente, ou então de bom-tom) que o autor esteja preparado. Que tenha lido todo o Poe, todo o Hemingway, o Tchekhov, a Mansfield. Que saiba a diferença entre a língua histórica e a língua funcional. Que conheça a Jornada do Herói de cor e salteado. Que tenha lido todos os grandes romances, *Ulysses*, *Rayuela*, *Infinite Jest*, *2666*, todos os catataus que sobressaem nas estantes durante chamadas de vídeo. Que tenha lido *Catatau*. Que domine colocação, regência, concordância, figuras de linguagem, de sintaxe, o anacoluto, a braquilogia, haplologia sintática, expressão expletiva ou de realce. Que seja convicto acerca da autopublicação. Que tenha passado os últimos vinte ou trinta anos lendo de maneira compulsiva. Que conheça alguém numa grande editora. Que não tenha ignorado Kafka. Que se reconheça como brasileiro e que portanto tenha lido João do Rio, Clarice, Barreto, Machado. Que conheça as formas rizotônicas e arrizotônicas do verbo. Que também conheça escritores obscuros, macedônios. Que seja desenvolto com orações complexas, com grupos oracionais. Que tenha lido seus contemporâneos, incluídos aí os que estão escrevendo agora, neste exato momento. Que tenha pedido bênção aos escritores malditos, sobretudo aos do seu estado, o Karam, o Turco. Que domine a gramática descritiva e a normativa. Que seja amigo dos escritores da sua cidade. Que tenha feito as oficinas literárias corretas. Que tenha feito também as incorretas, sobretudo essas. Que se faça de íntimo do Joca, do Bressane, da Bensimon, do Marcelino. Que tenha passado os últimos vinte ou trinta anos atento à janela, ao mundo lá fora. Que compreenda o triunfo da forma sobre o conteúdo. Que tenha medo da morte. Que esteja enganado.

De modo que vou parar por aqui e deixar o conto pra uma outra oportunidade.

O estranho

Veio sentar-se ao meu lado no balcão de um café em Salina Cruz, no estado de Oaxaca. Os dois únicos brancos entre os indígenas. Começou a contar ao sujeito que nos atendia, um tipo velho e cansado, uma porção de coisas que eu havia feito há muito tempo, em outro continente, quase outra vida. Falava em voz alta, pra que eu também pudesse ouvir, e narrava os episódios na ordem exata em que aconteceram, mas os contava como se tivessem se passado com ele e não comigo. O assalto a uma joalheria na Suíça. Em Berlim, tinha sido preso quando carregava nos ombros quatro prostitutas. Relatou em detalhes, inclusive de bastidores, uma luta de boxe que tinha perdido, em Barcelona. Que fugiu do exército na época da Grande Guerra. Confessou a inveja que sentia do tio, um poeta de enorme reconhecimento, que viveu com um nome e morreu com outro. Nesse momento senti vergonha. Quando mencionou a garota, senti ciúmes mortais. Antes que contasse como tinha desaparecido no mar, ali mesmo em Salina Cruz, e como nunca mais tinha sido encontrado, eu o interrompi e perguntei em que momento da minha malfadada biografia ele havia feito aquele corte de cabelo, algo tão ridículo e com o qual eu jamais concordaria. O velho estalajadeiro, que esfregava um pano de prato num copo já bem seco, ouvia agora com atenção.

Ciranda da Catarina #1: Cartão de visitas

Fumar maconha pelada me dá consciência das orelhas.

Ciranda da Catarina #2: Lendo Lydia Davis

Catarina e sua mãe são tão parecidas que ninguém pode perceber a diferença de idade que, supõe-se, existe entre elas. Tanto é verdade que as duas vivem em turnos. Catarina vive os dias pares, e sua mãe, os ímpares. A rotina é sempre a mesma, combinada de antemão: café da manhã no Senadinho, almoço em algum restaurante do Centro, onde ainda há garçons em gravatas-borboleta, e as tardes na Biblioteca Municipal. Nesses lugares, não se sabe por que, todas as pessoas conhecem Catarina e sua mãe por outro nome, Paula.

Paula, na Biblioteca, dia após dia, não consegue senão imaginar o que Catarina e sua mãe fazem em casa, enquanto ela vive a vida, e assim a leitura não avança.

Batismo

O taxista aponta pro luminoso do Realeza Hotel. Chegamos, diz.

Antes que o carro pare por completo, jogo no banco do carona duas notas de dez mil cruzeiros e vou já abrindo a porta. Saio do carro e boto a mala em cima da cabeça, pra me proteger da chuva. Fecho a porta com o joelho. Me abrigo embaixo de um toldo azul muito furado. O hotel fica na Rua Piratininga, quase na esquina da Avenida Brasil.

É o meu primeiro fim de tarde em Maringá. Eu nunca tinha andado de táxi, de intermunicipal também não. Uma senhora de vestido longo, que tá sentada sozinha na frente do hotel, assim que me vê saindo do táxi de mala na mão taca longe o cigarro com um peteleco e corre pra dentro. De seu colo, pula um gato de três cores. Entro atrás dela. Preciso de um quarto, digo, pra passar a noite. Ela se apresenta, seu nome é Mara, a gerente. Peço um quarto, o mais barato que tivesse. Ela pega a chave de um painel na parede, uma tábua de madeira com pregos batidos pela metade. Vem comigo, diz.

É o taxista quem me sugere aquele hotel, quando explico que vim pra cidade atrás de emprego. Um tipo de boina xadrez e bigodes compridos, que parecem pintados de preto. Você vai gostar, diz, sempre indico esse hotel, o Realeza, pra rapazes como você. Penso no que ele quer dizer com aquilo, "rapazes como você", mas não pergunto. Antes de chegarmos ele me alcança um cartão: Reginaldo Faixa-Preta.

O quarto tem o chão forrado de carpê verde-musgo e cheiro de mijo de gato. Calculo que o dinheiro que o padrinho me deu vai chegar pra cinco ou seis diárias, se eu não gastar com mais nada. Preciso arranjar logo um trabalho, um adiantamento. Antes de dormir, busco na mala o meu pandeiro, mas não toco. Fico deitado com ele sobre o peito, sentindo nas mãos a textura do couro e ouvindo a chuva bater descompassada na lata da janela.

* * *

Passo três dias percorrendo a Brasil, de loja em loja, atrás de uma vaga de emprego que não existe. Subo até os lados do Maringá Velho. Eu acordo cedo e me entupo da comida do café da manhã. Sem que ninguém veja, faço um sanduíche de salame ou presunto e embrulho com guardanapos, meto no bolso da calça.

As vagas pedem alguém com experiência, e eu não tenho nenhuma. No terceiro dia, na Praça do Peladão, um bêbado menciona uma ótica que tá contratando, na Avenida Rio Branco. Eu não sei onde fica a Rio Branco e resolvo ligar pro Faixa-Preta de um orelhão. Ele chega em menos de um minuto.

E aí, gostou do hotel?, diz.

O que tem pra gostar?

Bom, se você ainda não sabe.

Olha mais pra mim, pelo retrovisor, do que pra rua na sua frente.

O dono da ótica é um velho sem as duas pernas do joelho pra baixo. Parado no batente da porta da loja, apoiado pelos cotovelos nas muletas, é como se me esperasse. Lembro de Vô Romalho, lá na roça, que passa o dia tomando cerveja e chupando laranja. Ao saber o que eu quero, o velho me dispensa logo. Diz que ali naquela cidade ninguém chega de táxi pra pedir emprego, não.

Faixa-Preta me espera na frente da loja. Devia saber que eu não ia conseguir nada. Voltamos ao Realeza. Na frente do hotel, assim que estaciona, ele assovia pra uma moça que tá sentada na mesma cadeira de fios onde encontrei Dona Mara no dia em que cheguei. Ela sorri de volta. Mais uma vez atiro uma nota grande demais no banco do passageiro e saio sem esperar o troco. A moça me segue com os olhos quando passo ao seu lado quase correndo. Diz algo que eu não compreendo nem paro pra ouvir.

Ao lado da mala, encontro o pandeiro caído. O couro rasgado por pequenos cortes, que parecem feitos por garras de animal. Confiro as janelas, trancadas. Gato maldito. Me atiro na cama, penso em desistir de tudo. O dinheiro ainda chega pra uma passagem de volta. Deitado, fico escutando os ruídos que vêm dos outros quartos, vozes abafadas, vidas tão diferentes da minha. Quando tento me distrair, já não posso ignorar os barulhos, cujo volume alguém parece agora ter aumentado. Não consigo dormir.

* * *

No dia seguinte, perco o café.

Quando desço, encontro Dona Mara atrás do balcão, rabiscando papéis. Coloco o pandeiro na sua frente, com cerimônia. Ela olha pro instrumento e depois pra mim, só por um instante, sem parar de fazer o que tá fazendo. Em seguida ergue o pandeiro pelas platinelas, usando o polegar e o indicador, os outros dedos muito esticados, como se segurasse as cuecas de um inimigo.

Não foi o Mel, diz.

Como você sabe, Dona Mara?

O Mel não sobe as escadas. Não entra nos quartos.

Penso em dizer que Mel Gibson é um nome imbecil pra um gato. Em vez disso, digo que vou embora, mando passar a régua na despesa.

Ela quer saber o que aconteceu, então eu conto. Nada tinha dado certo. Vou voltar pra casa, pro sítio. Não posso ficar na cidade sem um trabalho. Dona Mara bota as mãos nas ancas, me olha de cima, hesita. Por que você não me disse antes, criatura? Talvez eu tenha algo pra você aqui mesmo, diz, tô precisando de alguém pra arrumar as camas, ajudar na faxina. Um faz-tudo. O dinheiro é pouco, mas tem um quartinho no térreo onde você pode dormir, sabe ali? É um começo.

Seria, sim, um começo.

Faz assim, eu te explico tudo amanhã, tá bem? Tira hoje o dia pra você.

Eu não sei o que fazer com um dia pra mim. Fico andando pelo Centro. Depois paro numa banca de jornal e ouço durante horas o que as pessoas contam pro jornaleiro. No fim da tarde, procuro um orelhão e ligo pro Faixa-Preta, digo que vou ficar na cidade.

* * *

Na primeira noite no quartinho, sonho com um corcunda que toca pandeiro na feira, sem saber que o sonho é outra coisa e que o corcunda sou eu.

As vidas que os cães não têm

Raposo

O mano e eu a gente passeou de noite porque era domingo e domingo eles ficam o dia inteiro largados no sofá com preguiça sem fazer nada e de vez em quando nem lembram de levar o mano e eu pra passear. Naquele domingo a gente já tinha desistido de esperar o passeio e eu sofro demais porque eu sou ansioso mais ansioso que o mano só que aí de noitinha eles levantaram do sofá e pegaram as coleiras e as guias e uma sacola de plástico e a gente foi. Quando a gente voltou o mano começou a ficar meio doidão e ficava andando pra lá e pra cá sem parar e eu não entendi por que porque a gente já tinha passeado então ficar agitado não ia adiantar nada e se fosse antes do passeio tudo bem mas depois. Eles colocaram o mano e eu pra dormir pra dentro de casa e eles nunca fazem isso só uma vez quando tava muito frio e também outra vez que a porta de vidro da garagem tava quebrada e daí a gente o mano e eu a gente ficava no portão da frente latindo pra rua a noite toda e foi massa. Aí hoje no meio da noite eles saíram de carro só com o mano e isso nunca é bom sinal e depois eles voltaram depois de um tempo saíram de novo e levaram o mano de novo e na segunda vez eles não voltaram mais.

Pesquisa Google/Estou com sorte

cachorro agitado
vencedores jabuti 2020
comprar peychaud's bitter
receita pudim de leit
calorias pudim
cachorro vômito sangue
cachorro vomitando não é sangue mas saliva meio rosada
como desaparecer completamente wiki
endereço clínica saúde animal

Manta de Microfibra Di Fatto Casal

Você vê o repositor colar o cartaz que anuncia a sua promoção. Quando você é um cobertor de microfibra na prateleira do mercado, é natural que você fique imaginando que tipo de pessoa no fim das contas vai te comprar. É só o que pode fazer pra passar o tempo. Você é um cobertor barato. A promoção é só um truque do mercado pra aumentar as vendas. Você sempre soube que ia acabar numa casa pobre, guardado a maior parte do tempo num armário velho com cheiro de naftalina, porque a cidade é quente demais, o frio dura muito pouco e pobre não tem ar-condicionado. Uma vida fétida e tranquila. O rapaz te joga no carrinho junto com: aspargos; limão siciliano; a marca de macarrão que eles servem no Vaticano, pro Papa; manteiga; escalopes de filé-mignon, já cortados; um vinho rosé que você nunca viu em carrinho nenhum. Você decifra o prato que ele quer preparar. Se pudesse, avisaria o rapaz que ele tá esquecendo o creme de leite. Você fica aliviado porque pensa que se livrou da naftalina. O que você ainda não sabe é que o rapaz vai te colocar pro cachorro dormir em cima. Você também nem imagina que o cão, pancada, um dia vai inventar de te rasgar inteiro e de te engolir. Seu destino final é uma caixa amarela de lixo hospitalar, após uma cirurgia de laparoscopia.

Prontuário Dra. Vivian — 23/11/2020, 02:34 horas

Paciente: Barba (*SRD*)

Proprietários relatam comportamento agitado, vômitos, salivação excessiva. Paciente com histórico de erliquiose e doença autoimune. Usuário de corticoide (prednisolona 20mg, uma vez ao dia). Suspeita de obstrução intestinal por tecido. Exame clínico revelou sinais vitais estáveis, apesar de algia abdominal aguda. Foi ministrado Cloridrato de Tramadol 12mg.

Ultrassom (sem contraste) não é feito no plantão. Necessidade de internação para acompanhamento da evolução do quadro. Confirmação da obstrução pede intervenção laparoscópica. Proprietários assinaram termo de recusa.

Rannah Naja

Calma, espera o portão fechar. Vai. Boni, a gente devia ter deixado ele lá da primeira vez, quando ela quis internar. Com que cara vou voltar lá agora? Ah, eu sei, eu sei. É fácil pra você falar, você ganha bem mais que eu. Eu terminei esse mês de pagar o outro tratamento, por Deus do céu. Não aguento mais. Porra, não precisa ficar parando em todos os sinais de madrugada, né? Ele continua babando. Vamos ter que morrer com a internação, não vai ter jeito. Calma, Barba, calma, você vai ficar bem, tá? Eu prometo. Odeio essa médica do plantão, puta que pariu, essa Vivian, que menina insuportável. O remédio que ela deu também não adiantou nada. Judiação. Parece que ele ficou pior ainda. Calma, Barba, já tá cheg

Declaração de Carlos, na sindicância

O réu se declara inocente das acusações; que teve notícia do vídeo em questão, que se trata de recorte da filmagem da AMT1825 (cruzamento das avenidas Tuiuti x São Domingos), sentido Bairro-Centro, no dia 23/11/2020, às 04:47 horas, quando recebeu o arquivo em um grupo do aplicativo *WhatsApp*; que o vídeo mostra o momento em que ocorreu um violento acidente automobilístico (moto X carro); que os dois ocupantes da moto Falcon empreendiam fuga da ROTAM e morreram na colisão; que o casal ocupante do veículo Polo de cor preta morreu carbonizado após o veículo capotar e se chocar com uma árvore do canteiro central da Avenida Tuiuti; que não foi o réu quem "vazou" o vídeo; que tem conhecimento de que o vídeo virou sensação nos aplicativos de troca de mensagens e redes sociais; que muitas pessoas possuem sua senha de acesso ao sistema das câmeras; que o compartilhamento da senha é necessário para o trabalho que a equipe efetua; que nunca foi orientado acerca da pessoalidade e intransferibilidade da senha; que desconhece o responsável pelo vazamento das imagens.

Marcos, 2º Tenente do 5º Grupamento

As imagens são meio chocantes mesmo, mas eles não morreram carbonizados, não. O fogo já tinha até sido apagado quando a nossa equipe chegou. Morreram foi da cacetada. O dono de uma eletrônica em frente acordou com o estrondo e, por Deus, soube apagar o fogo. Um milagre, porque o extintor certo pra esses casos é difícil de achar. Ninguém nem sabe qual é. Mas digo milagre porque salvamos o cachorro. O quê? Sim, tinha um cachorro preso nas ferragens, devia estar no banco de trás na hora do acidente, e sobreviveu. Fui eu que fiz o desencarceramento. A máquina era nova, um repasse recente do governo estadual. Muita sorte. Nem sapecou os pelos. O nosso major, que mora ali na Vila Morangueira, conhecia uma clínica próxima com PA 24 horas, que chama Saúde Animal. Ele deu a ordem de levar o cachorro pra lá imediatamente.

Caderno de Cris, o faxineiro

na maioria das noites
nada acontece

dra. vivian
não me vê
nem mesmo acordada
me veria

nem mesmo que eu abra
a porta
e anuncie o casal
que traz um vira-lata
com barba à schnauzer

eles quase brigam
quase se ofendem

levam o cão embora
tremendo
os quatro
acho que eu também
comigo seriam cinco

a dra. diz
uma irresponsabilidade
como pode
eu digo
é verdade
é verdade
ela cega e eu surdo

horas depois
eu lavando os azu
lejos
o cão volta
num caminhão de bombeiro
quase acho graça
imagino ele guiando
de chapéu e galochas
a barba molhada
o casal morreu queimado
dra. vivian chora
com a notícia

o cão volta
pro único lugar
onde alguém sabe
que muito
provavelmente
na sua barriga
malhada
bovina
há um engano
um rejeito
um posfácio
o fim do mundo

Ciranda da Catarina #3: Aquilo parecia ser o correto

A mãe de Catarina escovava os dentes de um jeito frenético, quase violento, não tinha nada a ver com o método que a professora tinha ensinado na escola, pra Catarina e pros coleguinhas, no dia em que levou pra dentro da sala de aula uma escova de dentes do tamanho de uma vassoura e uma dentadura gigante de gesso: o movimento da bolinha, o movimento da escovinha, não pode esquecer da língua. Quem será que tinha ensinado a mãe de Catarina a escovar os dentes? A pequena ficava do lado da mãe e assistia compenetrada, em hipnose absoluta, à escova indo e vindo, raivosa. Quando a mãe terminava, antes do gargarejo, Catarina olhava pra escova e via que tava suja de espuma até a metade. Catarina queria que a sua escova de dentes ficasse tão suja de espuma quanto a de sua mãe, porque aquilo parecia ser o correto, mais do que qualquer lição que ela tivesse aprendido na escola, então ela ignorava o que tinha aprendido e enfiava a escova na goela o máximo que conseguisse, até ter ânsia de vômito.

Ciranda da Catarina #4: Tanto quanto se pode correr num sonho

No sonho Catarina mora num apartamento muito alto, e sua mãe está pendurada apenas pelas mãos no parapeito da sacada, sem gritar por ajuda. Catarina, tanto quanto se pode correr num sonho, corre pra segurar sua mãe pelos braços. Depois percebe que não tem força suficiente pra puxar a mãe de volta pra dentro. A mãe soltou do parapeito e agora segura os braços de Catarina com toda força, olhando dentro de seus olhos. Catarina reflete acerca de suas opções, entre elas acordar do sonho, ou, pelo menos, perceber que as duas não moram naquele apartamento, ou, ainda, se atirar pela sacada de braços dados com sua mãe, e descobre que está curiosa pra saber qual daquelas cenas pode acontecer primeiro.

A única garota embaixo do balão gigante cheio de doces

Você é a única garota embaixo do balão gigante cheio de doces.

Os meninos se provocam e se empurram, rindo, tentam tirar uns aos outros de debaixo do balão, dos arredores do ponto exato onde eles acham que mais doces vão cair, onde em breve vai ter uma chuva de chocolates e balas recheadas, mas nenhum deles se atreve a interagir com você. Você fica lá, sozinha, de vestido verde listrado, os cabelos num rabo de cavalo muito alto e apertado, que foi a Tata quem fez. Você olha pra cima, pro balão gigante cheio de doces, e espera.

O balão está cheio de doces que você nunca provou, de marcas que você não conhece. Você sabe que dentro do balão tem também alguns pirulitos daquele do Zorro, que você adora, Vô Preto às vezes deixa pegar um quando vai na lanchonete da rodoviária e leva você junto. Dentro do balão gigante, bem lá no fundo, no meio dos doces, tem também alguns brinquedos; miniaturas, você sabe, iguaizinhas àquelas que tem dentro do ovinho de chocolate de duas cores, que também tem lá na vitrine do boteco da rodoviária, mas esse, o ovinho de duas cores, esse Vô Preto não deixa.

Você sabe bem certinho tudo que tem dentro do balão gigante cheio de doces, porque, diferente dos meninos, você também está ali mais cedo, assistindo à Tata montar a festa. Só você vê quando ela coloca os doces e os brinquedos lá dentro, um por um, tomando cuidado pra não furar o balão, que vazio parece uma bolsa amarela de água quente, tipo a que a mãe coloca nas costas quando deita no sofá de noite, só que bem maior.

Você quer entender. Tata diz que é uma brincadeira, que todas as crianças adoram aquilo, é o momento mais esperado da festa. Ficam todas debaixo do balão gigante cheio de doces, e então alguém vai lá e estoura o balão. Quando os doces caem, Tata diz, os que você pegar são seus.

Você não consegue explicar, mas percebe que tem algo de errado com aquela brincadeira.

A festa ainda não começou. Você vê a caixa de isopor em cima da mesa e sabe que ali dentro tem bolo gelado, que também foi a Tata quem fez, cada um dos pedaços embalado em papel metálico. As letras de isopor na parede, atrás da mesa do bolo, dizem em cima FELIZ ANIVERSARIO e embaixo MATHEUS. Em volta da mesa tem balas de coco enroladas em papel crepom, mas essas você não sabe se foi a Tata. A decoração da festa é do Homem-Aranha. Você adora o Homem-Aranha.

Dona Martha aparece e encontra você ali, sentada, assistindo à Tata enquanto ela recheia o balão gigante com doces. Ela sorri e chama a Tata pra perto dela, um momentinho. As duas nem chegam a sair do salão. Você consegue ouvir o que elas conversam. Os adultos acham que os ouvidos das crianças são curtos como as pernas.

Dona Martha diz pra Tata que é pra ela te convidar pra festinha. A Tata diz que não precisa, Dona Martha, imagina, eu só trouxe a garota porque não tinha com quem deixar, porque hoje é sábado. Dona Martha insiste, diz que não é certo você ficar vendo todos os preparativos, a decoração, a festa sendo montada, e depois simplesmente ir embora, ela tem a idade do Matheus e dos amiguinhos, diga que fique, faço questão. Tata agradece, mas diz que não precisa, que você não tem nem roupa de festa. Bobagem, diz Dona Martha.

Tata volta. Passa a mão nos seus cabelos, com carinho, mas não te diz nada. Ela se senta na sua frente, olha pra você, sabe que você escutou toda a conversa. Começa então a soprar dentro do balão gigante cheio de doces. Você acha que ela não vai conseguir, porque o balão é grande demais, mas acaba que ele começa a encher. Você não gosta que ninguém passe a mão nos seus cabelos, nem mesmo Tata.

Mais tarde, no banheiro, Tata desamassa com as mãos a frente do seu vestido. Saca da própria mochila um elástico muito forte, diferente dos que você tem, e prende o seu cabelo num rabo de cavalo. Dói um pouco quando ela puxa.

Ao mesmo tempo, segura entre os dentes três grampos e duas presilhas, que ela também vai usar no penteado. Você acha graça da Tata com tudo aquilo na boca, com os beiços pra dentro. Parece um alien, você diz, que é um monstro de um filme que você viu na TV. Você ri. Tata também começa a rir e derruba os grampos. Você ri mais ainda.

Tata ergue você pelos sovacos, pra te mostrar o penteado no espelho. Reclama que você tá pesada. Você diz que ficou bonito no final. Ela então te coloca no chão, olha sério pra você e diz que é pra se comportar, não é pra aprontar nada, ela diz, por favor. Você diz que não quer ficar em festa nenhuma. Ninguém perguntou o que você acha daquilo tudo. Você quer ir pra casa. Tata diz que não, que você não entendeu. Que é melhor não contrariar a Dona Martha. Que aquilo é de propósito, o combinado era que Tata não trabalhasse na festa, mas agora ia ter que ficar. Tata fala baixo, agora ia ter que ficar, como quem conta um segredo. Você escuta a voz de Dona Martha gritando o nome de Tata. Vai se divertir, está tudo bem, Tata diz. Logo nós duas vamos pra casa.

Dona Martha encontra vocês duas saindo do banheiro e elogia o seu penteado. Você tá linda, diz, seu cabelo ficou muito melhor assim. Em seguida pede pra Tata ajudar na cozinha com os refrigerantes que chegaram, são dois engradados, tem que guardar no freezer pra não esquentar. Você vem comigo, pequena. Ela leva você até o filho, Matheus, o aniversariante. Matheus está com alguns amigos. Eles se calam imediatamente e olham pra você como olhariam pra um porquinho-da-Índia. Você não liga. Tata traz uma bandeja com refrigerantes e salgadinhos, que servem de distração por um momento.

Quando o silêncio volta, é você quem propõe: vamos brincar de esconde-esconde? Os meninos se entreolham, riem. Um deles diz vamos, eu conto. Você se esconde na garagem, atrás de um carro, e sabe que ninguém vai vir te procurar. Tudo bem. Você gosta de ficar sozinha. Você fecha os olhos e se lembra de uma história que a Tata contou, mas não contou o final, então você pode inventar os finais, vários finais diferentes, e isso te distrai. Logo vai ser a hora de ir embora. Depois de um tempo, depois de um bom tempo, um dos meninos vem até você, vão estourar o balão, ele diz, é pra você vir, Dona Martha quem chamou.

Você é a única garota embaixo do balão gigante cheio de doces, o momento mais esperado da festa. Quando os doces caem, os que você pegar são seus. Você olha pra cima, pro balão gigante cheio de doces, e espera.

O marido de Dona Martha estoura o balão com a brasa do cigarro. Você pula em direção aos doces que caem, um microssegundo depois do menino à sua esquerda, o suficiente pra lhe passar uma discreta rasteira antes do pulo. Você pula em direção aos doces que caem, um microssegundo antes do menino à sua direita, Matheus, o aniversariante, o suficiente pra estar no ar antes dele e pra então golpeá-lo no nariz com o cotovelo, com toda força. Você, ainda no ar, levanta a barra do vestido e faz com ele uma espécie de rede, conseguindo assim capturar a maior parte dos chocolates, das balas recheadas e das miniaturas.

Matheus berra, com o nariz jorrando. Alguém corre com ele pra longe. O outro menino, ao cair, tropeça e dá de boca numa cadeira de lata. Grita ainda mais, sem os dois dentes da frente. Uma clareira de adultos e crianças se abre, todos igualmente assustados. Você fica lá, no meio do círculo, embaixo dos restos do balão, com o vestido levantado e segurando os seus doces.

Olhando Susana dormir

Acho que a coisa complicou pro meu lado quando ela disse, sem qualquer tipo de aviso, sem tampouco hesitar nem por um momento, ela apenas parou de caminhar, parou assim com os dois pés em paralelo, como se tivéssemos enfim chegado, como se o nosso destino fosse aquele mesmo, um canto escuro próximo à esquina das avenidas Paraná e Tiradentes, perto ali do Centro Comercial, onde tem uma escadaria, e com as duas mãos ela me puxou pelo braço, Vamos deitar aqui um minutinho, foi o que ela disse, como se nós tivéssemos nos deparado com um local perfeito pra deitar, com uma cama numa loja de departamentos cuja qualidade ela quisesse conferir pra decidir se comprava, em seguida ela explicou, Eu não posso chegar em casa assim, Tô bêbada demais. Eram duas horas da manhã de sábado. Susana me botou sentado na calçada, com as costas apoiadas no granito escuro da parede, e deitou no chão, com a cabeça no meu joelho direito. Lembro de ouvir ao longe o barulho de uma garrafa se estilhaçando no asfalto. Depois ela dormiu e me deixou ali, sozinho.

Fiquei olhando Susana dormir. O sono dela era tão pesado e calmo que depois de um tempo eu cheguei a pensar que a garota tinha morrido. Claro que eu também tava muito bêbado. De quando em quando eu colocava um dedo bem embaixo do nariz dela, pra ver se ainda respirava, e algumas vezes eu recolhia o dedo ainda em dúvida, então tentava prestar atenção no cabelo dela pra ver se se mexia quando ela expirava, porque ela usava uma franja comprida no cabelo castanho e a franja tinha lhe caído por sobre o rosto. Olhando de cima eu não conseguia ver a caixa torácica de Susana se enchendo de ar, ou sua barriga se movimentando, ou qualquer outro sinal de respiração, por conta do escuro da noite, da camiseta larga que ela usava e da posição em que dormia — as palmas das mãos coladas uma na outra e enfiadas embaixo do rosto, os joelhos dobrados em direção aos cotovelos, como um feto. Eu tava morrendo de medo de que acabássemos sendo assaltados ali, que a sorte que tivéramos na nossa perambulação noturna finalmente chegasse ao fim, porque aquela esquina era erma e meio perigosa, mas também não era o caso de acordar Susana, isso eu não podia fazer, eu não devia ter deixado ela deitar no meio da rua pra começo de conversa, teria sido fácil, Cê tá maluca?, Não, Vem, Vamos continuar, Vou te deixar em casa, Nós já estamos bem perto, mas eu não disse nada disso, deixei ela deitar e sacudir o meu temperamento, depois não tinha nada que eu pudesse fazer a não ser esperar, então foi o que eu fiz.

Tudo isso no nosso primeiro encontro. Antes a gente ficou dias conversando pelo mIRC, trocando pequenas provocações, indiretas, inebriados de uma leve safadeza, o que de certa forma dificultou tudo, porque no mIRC, por escrito, eu conseguia ser uma pessoa muito diferente de quem eu era na verdade, eu fazia parecer que sabia sempre a coisa certa pra falar, dava ótimas respostas, muito rápidas e sacaninhas, mas pessoalmente nós dois ficamos totalmente travados, as coisas que tínhamos dito um pro outro na internet eram fantasmas que depois nos assombraram. Como não tínhamos trocado fotos, eu fiquei sentado na esquina do McDonald's, perto de onde ela disse que morava, sem saber direito o que esperar, Eduardo?, Sou eu, Susana, Desculpa, Eu demorei um pouco, Né, É que eu não achava minha chave de casa, Acredita, Perdi mó tempão procurando, E aí, Vamos, não consegui disfarçar uma certa frustração, porque naquele momento eu não gostei muito do que vi, eu achei ela feia, foi isso, achei ela feia, e é claro que ela percebeu.

Nós seguimos andando pros lados dos bares da Universidade, eu com as mãos nos bolsos e Susana meio saltitando, a menina parecia alegre, tranquila, de vez em quando ela pulava e batia os calcanhares do coturno no ar, uma coisa estranha, mas a conversa não engrenava, por mais banal que fosse o assunto, por mais que nós dois nos esforçássemos, O que você vai prestar no vestibular, eu tentava, Não sei, Ainda não decidi, depois era ela quem tentava, Você ouviu a música que eu te mandei, céus, quando será que foi isso, Não, Não ouvi, Deu erro no download, até chegar num ponto em que ninguém dizia mais nada, nós só continuamos andando e acabamos no Don Juan, aquele bar que tem uma única mesa de sinuca, toda estourada, o pior de todos os bares da Zona 7, que tem cheiro de ônibus no fim da viagem e onde Susana era a única pessoa com uma camiseta de cor clara. Começamos a beber e acho que fomos jogar sinuca como quem desiste de tentar conversar, já que aquilo não tava mesmo funcionando, então Susana começou a propor desafios, ela gostava de apostas e pelo jeito não se importava em perdê-las, porque jogava muito mal, pior até do que eu, Quem perder passa embaixo da mesa, Edu, Quem perder vira um conhaque, Quem perder tem que quebrar o copo na parede.

Mais tarde, enquanto Susana dormia e algo mudava dentro de mim, comecei a puxar pela memória todas as cenas que tinham acontecido no bar, e algumas pareciam improváveis, pareciam mentira, tentei me lembrar de todas as apostas que tínhamos feito, uma por uma, e foi impossível me lembrar de todas, e foi só aí que me dei conta, devia ter apostado um beijo, teria sido fácil, teria sido o certo, mas isso a gente não apostou. Alguém veio reclamar, Vocês tão achando que são os donos da mesa, Porra, A gente também quer jogar, Vão arrumar um quarto pra se lamber, Caralho, quando eu vi Susana já tinha partido pra cima do magrão, xingou o cara e tentou cuspir na cara dele, puxei ela pra fora, Deixa isso pra lá, Vamos, Vamos pra outro lugar, quando ela pisou fora do bar já tava dando risada muito alto, como se a briga não fosse nada, fosse um show de comédia, ela esperou a risada passar e depois disse que tava tarde e que tinha que ir pra casa, ela me ofereceu o braço e pegamos o caminho de volta, subimos a Paraná como um casal aristocrático de novela de época, mas um que estivesse totalmente bêbado e tropeçando um no outro. Àquela altura a proximidade do corpo dela me causava estranheza e até uma leve repulsa, como um parente perto demais numa cama de hotel, e foi com essa sensação no corpo que eu cheguei naquela malfadada esquina.

Quando a viatura apareceu, eu tava de pau duro olhando pras pernas da Susana, cheio de arrependimento e de má intenção, a saia dela tinha subido um bom tanto quando ela deitou, e, se alguém chegasse por aquele lado da rua, iria ver a bunda dela, mas é claro que não ia chegar ninguém àquela hora, nem por aquele lado da rua nem por qualquer outro, era o que eu pensava quando chegou a viatura da PM, dois policiais na frente e um no banco de trás. Eu demorei pra entender o que era aquilo, eles chegaram devagar com as luzes apagadas, mas bem na nossa frente ligaram o sinalizador, eu nem respirava, Que que vocês tão fazendo aí, era o carona que falava, o motorista tava sorrindo, tranquilo, o do banco de trás me olhava como se quisesse me afogar no meu próprio sangue, o sangue que inundava o meu pau, Nada, Não, parecia que eu tinha xingado a corporação inteira, Como assim nada não, Tá de sacanagem, Essa guria aí, Tá bem, Tá drogada, eu cutuquei e chamei Susana mas ela não acordava, eu não podia levantar, o policial abriu a porta e ficou com um pé pra fora, meio agachado, metade do corpo pra fora do carro, Que que ela é tua, É tua namorada, eu respondi que sim, que era, Sim. Só depois disso Susana acordou, esfregou os olhos, Cê tá bem, Guria, Que que te aconteceu, eu quis falar qualquer coisa, Não tô falando com você, Seu merda, Fica quieto aí, Cê tá bem, Vou perguntar de novo, Olha pra mim, Cê tá bem, Guria, Esse merda aí do seu lado, É seu namorado, e só então Susana balançou a cabeça meio assustada, ainda meio dormindo, Sim, É, Sim, É meu namorado, aquilo parece que deixou o policial mais puto ainda, porque ele deu um tapa na lataria e falou ainda mais alto, Crianças, Vou falar uma vez só, Vão pra casa, Porra, Que que cês tão fazendo aqui, Leva ela embora, Seu imbecil, Vai, Rala, Vai logo, então a gente se levantou, salvos enfim um do outro, e foi.

Ciranda da Catarina #5: Tentativa de se lembrar da lista de compras

A mãe de Catarina descobre que a filha é uma imitação. Desde quando?, questiona-se. Imagina que na última terça-feira largou o carrinho de compras (onde por acaso também está Catarina) no meio do supermercado e que, naquela ocasião, levou pra casa outro carrinho, um carrinho qualquer, onde havia outra criança, sem perceber, distraída que é. Mas é uma imitação perfeita, ela tem de admitir. Intrigada, entra na despensa, roendo as unhas. Ao lado das bolachas, há um pote imenso de mostarda de Dijon, coisa que ela sequer conhece, não teria motivo pra comprar logo um pote tão grande.

Ciranda da Catarina #6: Me dá pezinho

Catarina pulou o muro do colégio pra aprender, lá fora, o que ninguém ia ensinar lá dentro.

O seu sobrenome

1.
Eu me lembro de Gersino, um velho amigo seu. Me lembro de um outro amigo seu que se chamava Kiodi. Eu achava engraçados esses nomes.

2.
Me lembro de você dizendo que, se tivesse jiló, nem precisava de mistura.

3.
Me lembro do médico explicando que o seu tratamento era de controle, e que eu não entendi exatamente o que ele queria dizer com aquilo.

4.
Queria dizer que me lembro de cada uma das vezes que você me convidou pra ir pescar, mas isso seria uma mentira. Queria dizer que eu sempre aceitava esses convites, mas isso seria uma mentira ainda maior.

5.
Me lembro de Titio, o cachorro que você tinha quando era criança.

6.
Me lembro das suas cicatrizes: no supercílio esquerdo, de quando você era pequeno e caiu embaixo da grade do trator; no dedo anelar esquerdo, que você prendeu na máquina de moer cana; a maior de todas, nas costas, a única que eu não sei como você ganhou.

7.
Me lembro do cheiro azedo do seu travesseiro. Me lembro ainda do seu próprio cheiro, mas o estou esquecendo aos poucos.

8.
Me lembro de quando você ficou desempregado, depois de quase trinta anos na mesma empresa. Exigiram que você tivesse ensino superior, e você não tinha completado nem o colegial. A demissão veio poucas semanas depois da sua colação de grau. Administração, com ênfase em Marketing.

9.

Me lembro dos bares onde você bebia: o Treviso, o Pinguim, o Cine. Atrás da lanchonete do Ferrari, num balcão meio secreto. Uma cerveja e um steinhaeger, e nunca se demorava.

10.

Me lembro da esposa do Kiodi, a Dona Rosângela, que é religiosa, indo rezar você no hospital, nos seus últimos dias. Quando a mãe te perguntou se você se lembrava da Dona Rosângela, você a repreendeu com o olhar e balançou de leve a cabeça, como quem diz: mas é claro.

11.

Me lembro de você me recomendando cuidado, porque as corujas arrebentavam o estilingue. Não me lembro de jamais ter visto uma coruja.

12.

Me lembro do dia em que você me deixou espiar o skate que seria o meu presente no próximo Natal. A mãe não tava em casa e eu te mostrei onde ela tinha escondido o pacote, dentro do guarda-roupas.

13.

Me lembro de você chegando em casa muito animado, depois da primeira paracentese.

14.

Me lembro de um assalto na loja, à mão armada. Fizeram você de refém.

15.

Me lembro de um videocassete e de ir contigo alugar filmes de ação, sempre na sexta-feira. Uma vez, vimos um filme pela metade. Você chegou do trabalho na segunda e me encontrou na sala, terminando de ver o filme sozinho, e eu quis ver raiva nos seus olhos, mas vi apenas uma gigantesca decepção.

16.

Me lembro de você quebrando copos nos churrascos em Araruna. Você os lançava contra o muro do fundo do quintal. Um copo de massa de tomate com bolinhas coloridas sobreviveu a três arremessos. Depois disso você desistiu, e o copo virou uma espécie de objeto sagrado. Acho que ainda esses dias o encontrei, lá na casa da Tia Edi.

17.

Me lembro da sua parte da família, que a gente frequentava pouco. Eu não sabia quem era quem e quando cresci passei a sentir vergonha por isso.

18.

Não me lembro muito bem do dia em que cheguei em casa devastado e contei que cheirava cocaína, mas me lembro da sua reação, quase como se já soubesse, e nos seus olhos aquele mesmo sentimento gigantesco.

19.

Me lembro de uma irmã que você ia visitar e me levava junto. Embaixo da casa dela tinha uma vendinha, e eu ganhava um pirulito do Zorro.

20.

Me lembro dos caras que instalaram a rede de proteção na nossa sacada e queriam se atirar correndo contra ela, pra provar que funcionava, mas você não deixou.

21.

Me lembro de uma área, nos fundos do Ferrari, onde o pessoal do comércio se reunia pra beber e jogar baralho depois do expediente. Pra chegar lá a gente atravessava um corredor tão estreito que você quase não cabia.

Você não jogava, preferia assistir. Dizia pro Paulão que ele não tava vendo os adversários roubando no jogo. "Deixa eles achar que são herói", o Paulão respondia. "Herói tem três ali enterrados na grama."

22.

Me lembro da operação de te tirar da cama pra pôr na cadeira de rodas, e de te tirar da cadeira de rodas pra pôr na cama, com um abraço de urso que eu te dava pela cintura, um abraço que eu gostava de te dar, porque não deixava de ser um abraço, mas que era também outra coisa, uma coisa que eu odiava.

23.

Me lembro de que você fumava antes de eu nascer. Sempre quis saber qual era a marca dos seus cigarros, mas nunca perguntei.

24.

Me lembro de viajar pra Londrina, num dia muito frio, atrás de um velho japonês que fazia uma garrafada milagrosa e que não funcionou.

25.

Me lembro de um suco de laranja com cenoura que você fazia e chamava de cenoranja.

26.

Me lembro de nós dois revirando a terra pra catar minhocas e usar de isca, perto do muro onde você quebrava copos.

27.

Me lembro de quando era inverno e a Amanda e eu fomos te dar banho e a água quente parou de funcionar e você gritou e nos xingou e reclamou muito e chorou e depois tentou argumentar e tentou de tudo e enquanto isso nós dois continuamos te esfregando e tentando andar logo com aquilo porque era o que tínhamos que fazer até que nos demos por satisfeitos e o banho acabou.

28.

Me lembro de uma foto: eu, recém-nascido, no berço. Você e o Tio Cesar, vestindo paletós com ombreiras, me mostram uma revista Playboy.

29.

Me lembro de muitas vezes em que o telefone tocou de madrugada e era o alarme da loja que tinha disparado. Você era apenas o gerente, mas se vestia rápido e ia lá verificar. Eu ficava acordado até que você voltasse.

30.

Me lembro de um número que você e o Tio Alírio faziam, quando tinha algum estranho no churrasco da família: fingir uma briga. Algumas vezes eu até acreditava que era sério.

31.

Me lembro da casa onde moramos em Cascavel, em cima da loja. Um longo corredor, samambaias, cheiro de pilha estourada.

32.

Me lembro de outra foto: nós dois em Araruna. Eu de sunga, os braços esticados numa pose estranha. Você jogando água pra cima com a mangueira.

33.

Me lembro de você entrando no clube e de como seus amigos pareciam felizes de te ver, o que me deixava feliz também.

34.

Me lembro das decorações de Natal, o comércio aberto até as dez, você parado em frente à loja como um maestro.

35.

Me lembro de prender uma abraçadeira de nylon no pulso esquerdo e de apertá-la até ficar com a mão roxa. Eu me escondi e quando me levaram até você era quase tarde demais.

36.

Me lembro de você comendo pizza com arroz branco.

37.

Me lembro da sua última noite em casa, antes de ser internado no hospital de onde você sairia morto. No meio da sua agonia, que ninguém podia aplacar, apareceu a Dona Toshie, saída não sei de onde. Quando eu era criança, ela era a síndica do prédio. Nunca tinha entrado na nossa casa.

38.

Me lembro do velório da minha vó.

Você virou uma espécie de herói pros amigos dos meus primos, todos bem mais velhos que eu, porque disse que não adiantava ficar triste e foi buscar limão pra fazer uma caipira. Depois disso passei a ser aceito por eles, só porque era seu filho. Mas eu não era tão divertido.

De noite, teve um comício na cidade, com show de um grupo cover do Banana Split. Eu invadi o camarim das dançarinas, junto com uma amiga dos primos. Depois disso me lembro de correr com ela pela rua vazia — balões de ar gigantes flutuando amarrados nos nossos braços.

39.

Me lembro do velório da minha outra vó, sua mãe.

Você já tava muito doente e mal conseguiu caminhar até o caixão. O Tio Alírio apareceu e fez todo mundo rir, até você, com uma história que tinha acontecido com ele no fim de semana anterior, e que envolvia uma orelha de porco e uma dentadura quebrada. O Tio Alírio também morreu de câncer.

40.

Me lembro da enfermeira mandando todo mundo sair do quarto. Quando ela voltou, pra anunciar a sua morte, eu tava mostrando pro Tio Cesar um vídeo no celular, a coisa mais desimportante.

41.

Me lembro do carro parado na beira da estrada. Você era um barulho de espigas sendo partidas no meio do milharal.

Eu me agachava no chão do carro, em pânico, com os olhos fechados.

42.

Me lembro de você contando de um torneio de truco que você e o Gersino venceram, quando a gente ainda morava em Cascavel. Deve ser mentira. Você jogava truco muito mal.

43.

Me lembro da ação trabalhista que você moveu contra a empresa, por uma série de irregularidades e abusos que sofria. O processo demorou cerca de dez anos. No fim você ganhou, mas morreu meses antes de poder ver o dinheiro.

44.

Me lembro de uma das noites que passei contigo no hospital, quando perdi o controle e chorei na sua frente. Disse que te amava muito, que queria que você sempre soubesse. Você disse que me amava também, mas que não queria que eu voltasse a cheirar cocaína. Eu me assustei quando percebi que você ainda pensava nisso. Perguntei se você tinha medo de que acontecesse, e você disse que não.

45.

Me lembro de você imitando viado.

46.

Me lembro de quando você perdeu o apetite e só conseguia comer ovo cozido mole.

47.

Me lembro de ir com o Tio Alírio na administração do cemitério, pra escolher o local da sua sepultura. Havia uma espécie de mapa. Os jazigos próximos à entrada eram caros demais.

48.

Me lembro de que o seu apelido na faculdade era Pai, por ser bem mais velho do que os seus colegas de classe.

49.

Me lembro da última vez que te levei pra cortar o cabelo.

50.

Me lembro de que foi a mãe quem me fez querer ser escritor. Não me lembro quando foi que escolhi usar o seu sobrenome.

Marina sabia ler

Marina parou ofegante na frente da casa
apoiou a prancheta no muro baixo de tijolos
cobertos de musgo
sentia o suor se formando e escorrendo devagar
pela testa, pelas costas
uma gota que desceu pelo meio exato das costas
por baixo do uniforme, embaixo do colete castanho
Marina se acha gorda
não se acostumou com a rotina do novo serviço
ainda é jovem mas já se arrependeu das tatuagens
de quando era ainda mais jovem
mais cedo dentro do carro da Prefeitura
aproveitava o ar-condicionado
junto com a Supervisora e as outras
passaram na frente daquela mesma casa
tinha um gato gordo malhado de cinza sobre o muro

um gato imenso de roupinha cirúrgica
há meses suja de sangue ou de barro há dias
acompanhou o carro com olhos furiosos
imóvel e imponente como uma gárgula medieval
a Supervisora, no banco do carona

fez um pelo-sinal inteirinho
sangue do cordeiro, disse a Supervisora
mas Marina agora via a casa de perto
não tinha nada de mais
uma casa velha de madeira e só
a Supervisora era uma pessoa horrível
no interior do jardim terra vermelha sem grama
muito entulho num canto
pedaços de caibro e telhas quebradas
os escorpiões-amarelos, as aranhas-marrons
Marina podia quase vê-los intuí-los sentir-lhes o cheiro
mas água parada não
a casa destoava das outras
modernas e muito brancas do bairro
porque pertencia a um outro tempo
na frente três janelonas basculantes
uma com o vidro quebrado
Marina sabia que a Supervisora tinha eleito Marina
pra cobrir a região daquela casa como um trote
porque ela era novata
a Supervisora, uma pessoa horrível
Joice, Bia, Márcia
cada uma pra um lado
as ruas de cima até a Avenida Colombo
as de baixo até o Buracão
todo mundo aqui de volta até o meio-dia
de tarde tem outro bairro pra cobrir
bom trabalho

e foi assim que Marina acabou ali
depois de visitar muitas outras
bateu palmas na frente daquela casa
passou meio minuto e
bateu palmas de novo
ô, de casa, ô, de casa
a porta lateral se abriu e antes que a pessoa saísse
saiu o gato balofo
maior ainda visto de perto
uns quinze quilos ou mais
a roupinha só até a metade
um absoluto maníaco, um assassino
vestindo o sangue de suas vítimas o barro de suas covas
desfilou até o canto dos entulhos
uma graça e uma agilidade que pareciam incompatíveis
com aquele tamanho todo
subiu num pedaço de caibro
saiu da casa um velho
penteando os cabelos molhados com um pente de plástico
guardou o pente no bolso da camisa
usava calça social e chinelos
controle da dengue, disse Marina
tem plantas em casa, perguntou Marina
vivemos uma epidemia
dengue, zica, chikungunya
o portão tá aberto, disse o velho
Marina amarrou um pano vermelho no portãozinho
antes de abrir o ferrolho e entrar

era importante seguir o protocolo
no fundo do quintal ela viu alguns vasos
cheios de plantas secas, plantas mortas
a marcação de uma horta abortada
o velho entrou e voltou com um copo d'água
pras plantas não, mas pra Marina
ela agradeceu, disse que não precisava
o velho fez uma careta e sorriu
os dentes de tanto abandono
Marina ali na varanda se esvaindo em suor e negando água
bebe, criança, é só água
eu não vou te envenenar
essas plantas aqui o senhor não rega faz tempo, né
precisa dar um jeito naquele entulho, viu
o senhor sabe onde fica o papelzinho
aquele assim pregado na parede
eu preciso registrar a visita
um papelzinho geralmente na despensa colado atrás da porta
entraram os dois na cozinha

o velho perguntou se Marina sabia ler
Marina sabia ler

sumiu então pra dentro de casa
deixou Marina sozinha
em um minuto voltou

trouxe as mãos fechadas em concha
como se carregasse uma borboleta
um segredo uma maldição uma mariposa
um papel, pouco mais que um bilhete
mas não o de registrar a visita, outro
tão antigo que se desmanchava esfarelava-se nas dobras
Marina segurou aquilo com cuidado
uma folha que não mais se usava, uma caligrafia elegante
e soube ler um passado
soube ler alguém
soube ler um número
o velho quis saber se ela tinha telefone se podia ligar
e é claro que sim, um celular nos dias de hoje
mas ela disse que não tinha
era fácil mentir pra um velho que não tinha te envenenado
Marina se sentiu meio nauseada
como se na saída de um bar de uma montanha-russa
foi embora sem registrar a visita
fugiu da casa quase correndo e depois pela rua
deixou o velho com o gato
na casa velha de madeira e só
o velho franzino trouxe o gato gigante pra dentro
pra carregar o gato um abraço de corpo inteiro
tá tudo bem, Aristeu
vamos pra dentro, Aristeu
mês que vem vem alguém
vivemos uma epidemia
dengue, zica, chikungunya

o pano ficou amarrado na ponta afiada do portãozinho
como a bandeira imóvel e vermelha de um país qualquer
sem vento nem esperança

Ciranda da Catarina#7: Raio-X

Doutor, acho que quebrei minha promessa.

Ciranda da Catarina #8: Última aula

A última aula foi de Educação Física. Catarina sobe sozinha a rampa do colégio, segurando as alças da mochila que pesa sobre seus ombros, cada passo mais difícil que o anterior, as bochechas vermelhas, o cabelo escuro grudado na testa. Os gritinhos das crianças em sua volta viram risadas que viram silêncio e depois gritinhos e risadas e silêncio, em ondas. No topo da rampa, bem em frente às catracas, Catarina avista sua mãe, pelada, os braços cruzados embaixo dos peitos. Pela postura tensa, entende que ela deve estar com pressa. A mãe acena pra ela, com vigor, o que comprova sua hipótese. Seria melhor andar logo.

Seis ou sete indícios de que você entrou no apartamento errado

1.

Você sente o toque gelado do metal da maçaneta.

Com meio giro do seu pulso, você libera o trinco e empurra a porta, que abre com um rangido e não encosta na parede porque encosta antes numa galinha de crochê cheia de areia, que serve de peso de porta.

O primeiro indício de que você entrou no apartamento errado podia até ser essa galinha (de crochê e cheia de areia, que serve de peso de porta), mas não é. O primeiro indício de que você entrou no apartamento errado é o cheiro que você sente ali dentro, antes mesmo de erguer os olhos e de encarar a cena que te espera no interior do apartamento, seja ela qual for. O cheiro não é o da sua casa, o cheiro familiar e hospitaleiro da sua casa, das suas coisas; mas sim um outro, um cheiro nauseabundo e indecente.

(Quando era criança, você ia brincar na casa dos vizinhos, e cada um dos apartamentos tinha o seu próprio cheiro. Cada andar desse prédio, onde você nasceu e cresceu, cheirava diferente dos outros andares. Você saía do elevador e sabia exatamente onde tava. Podia se guiar de olhos fechados.)

Você vê a galinha de crochê cheia de areia, que serve de peso de porta, mas é como se não a percebesse. Você fecha os olhos pra se concentrar e puxa o ar com força. Não é o cheiro da casa de ninguém que você conheça. Tem algo de doce e qualquer coisa de podre. Definitivamente não é o cheiro da sua casa. De quem, então?

2.

Você percebe que, pensando bem, o cheiro repugnante do interior do apartamento não tinha sido o primeiro indício.

As portas dos apartamentos são todas iguais, porque foram previstas num projeto arquitetônico. Mas, na frente de cada porta, há sempre um tapetinho, pra se esfregar as solas dos sapatos, e os tapetinhos nunca são iguais. Não há uma única porta que não tenha, bem na sua frente, um tapetinho, e não há nenhum que seja igual a outro. Você conhece todos eles. Passou muito tempo da sua vida perambulando pelo interior do prédio.

Mas você não conhece o tapetinho sobre o qual está de pé. Devia ter percebido antes de abrir a porta, mas agora é tarde. Não foi você quem o comprou.

(Você também se lembra, agora, de que sua mãe sempre deixava a chave da porta embaixo do tapetinho da entrada.) Você mexe os dedos dos pés, tenta tatear uma chave que talvez ainda estivesse ali debaixo, mas não consegue sentir nada, porque o tapetinho é grosso demais. Pensando bem, agora que a porta já se abriu, de que serviria uma chave? Seria um acessório inútil. Você podia talvez usá-la de pingente, pendurá-la num cordão junto ao pescoço, algo que você viu num filme uma vez, como um adereço, algo que suscitaria mais dúvidas do que traria respostas.

3.

Antes disso, no entanto, o porteiro do prédio já tinha sido um indício, você agora sabe. Ora, você nem mesmo o conhece. O que talvez signifique que ele também não conheça você, mas não necessariamente. Você conhece muita gente que não te conhece de volta.

Aliás, pensando melhor, ele te deixou entrar, não deixou? É um mau porteiro, devia ter te barrado. Te olhou de um jeito todo desconfiado, é verdade, como quem fosse te interpelar, te perguntar aonde afinal você queria ir, mas no fim ele não disse nada. Enquanto você espera o elevador, ele não tira os olhos da sua nuca, você pode sentir. Você dá as costas e finge que não é com você. Evita o olhar questionador do homem como pode, ou seja, fica o tempo todo de costas, com as mãos nos bolsos. Você até assovia, baixinho.

(O porteiro é um mau porteiro. Você quase não o percebe como um indício.)

O elevador chega depois de um bipe. Você abre a porta com uma calma estudada, um gesto que se pretende livre de qualquer suspeita, enquanto tenta não andar muito rápido, nem muito devagar, como num passe de dança de quem não sabe dançar e ainda por cima não quer que ninguém no salão perceba, quer respeitar o andamento da canção, não quer pisar no pé do seu parceiro.

4.

Voltando mais um pouco: você tá na rua da sua casa, caminhando distraída, e lembra que um amigo seu, que mora ali perto, escreveu um conto que se passa ali mesmo, na rua da sua casa. O nome do conto é algo como: *Os Crimes da Rua-da-Sua-Casa*. É claramente inspirado no Poe, *Os Assassinatos da Rua Morgue*.

(Não, inspirado não é bem a palavra. O conto é antes uma paródia. O conto do seu amigo é uma paródia.)

Sempre que você caminha distraída pela rua da sua casa, gosta de imaginar que tá andando pela rua do conto do seu amigo, muito embora as duas, a rua do conto do seu amigo e a rua da sua casa, não sejam na verdade a mesma. Uma delas realmente existe. A outra é só a rua da sua casa.

5.

Voltando ainda mais: você sabe que nessa cidade, em algum outro lugar (um lugar, de certa forma, anterior à sua rua, no sentido temporal ou geográfico, considerando-se a sua caminhada distraída), há um outro indício de que hoje, dia nove de abril, você entrou no apartamento errado. O fato de que você não o percebe não importa tanto. O que importa é não se perder na contagem.

6.

Você sente o toque gelado do metal da maçaneta.

Com meio giro do seu pulso, você libera o trinco e empurra a porta, que abre com um rangido e não encosta na parede porque encosta antes numa galinha de crochê cheia de areia, que serve de peso de porta. Você fecha os olhos pra se concentrar e puxa o ar com força. Não conhece o tapetinho sobre o qual está de pé. O porteiro é um mau porteiro. A outra é só a rua da sua casa. O que importa é não se perder na contagem.

Talvez a sua mãe, que já foi confundida com você tantas vezes, tenha resolvido cozinhar uma jaca na panela de pressão, tenha levantado de manhã bem cedo e comprado na feira bananas maduras demais e um tapetinho novo, além de uma galinha de crochê cheia de areia, que serve de peso de porta, tudo isso antes de você chegar da sua caminhada distraída. O porteiro é novo, ele não te conhece. Mas pode ter conhecido a sua mãe, e te deixou entrar porque achou que você fosse ela.

Você não leu o conto do seu amigo, *Os Crimes da Rua--da-Sua-Casa*, apesar de se lembrar do título. Você não sabe de que crimes ele trata, mas, seis ou sete indícios depois, você sente medo de abrir os olhos e de encarar a cena que te espera no interior do apartamento, seja ela qual for.

Por entre os casaizinhos

1.

Há uma velha. Ela me ama. Tão logo ela morra, eu começo a viver.

2.

Há uma garota. Ela me odeia. É vizinha do Lucas. Olha pra mim com desprezo toda vez que ele me chama pra brincar no prédio onde eles moram, como se eu não fosse bem-vindo. Eu continuo indo ao prédio deles porque o Lucas é um bom amigo e porque tem um videogame. Eu não sei se a vizinha do Lucas tem um videogame, mas sei que ela tem uma amiga. A amiga da vizinha do Lucas não me odeia. Pode ser até que a amiga da vizinha do Lucas me ame. As duas garotas são muito parecidas — tirando o fato de que uma é loira e a outra é morena, mas eu não sei muito bem qual das duas.

3.

Há uma mulher. Ela me ama. Vamos sempre ao cinema. Chegamos de mãos dadas e atrasados, porque ela demora muito pra se maquiar. Eu, por minha vez, não abro mão da pipoca, e assim o atraso aumenta. Entramos na sala o filme já vai ali pela metade. Ela pede licença pras pessoas, que se incomodam com aquele casal chegando no meio do filme. Algumas pessoas fazem caretas quando passamos.

Quando o filme acaba, fingimos recolher a sujeira que fizemos com a pipoca e vamos ficando. Depois nos escondemos atrás das cadeiras da última fileira, até a próxima sessão começar. Nesse momento ela sempre sorri. Seu sorriso tem um formato estranho, mas faz tudo aquilo valer a pena. A manobra dá certo. Assistimos então à metade do filme que tínhamos perdido. Na hora de sair, ela pede licença pras pessoas, que se incomodam com aquele casal saindo da sala no meio do filme. Algumas pessoas fazem caretas quando passamos.

4.

Há uma garota. Ela me ama, mas eu ainda não sei disso. Na festinha de Dia das Bruxas, vou me queixar à professora da quarta série de que os garotos não estão dançando, não querem tirar as garotas pra dançar, estão todos lá fora, na quadra, enquanto as garotas ficam sentadas uma ao lado da outra na parede do fundo do salão reservado pro bailinho. Cochicham entre si e esperam ser tiradas pra dançar, eu imagino. As garotas sentadas lado a lado me fazem pensar num paredão de fuzilamento (e, se eu tivesse que atirar, atiraria na minha própria cabeça). A garota que me ama (mas eu ainda não sei disso) está entre elas. Minha intenção é tirá-la pra dançar, mas eu não tenho a coragem necessária.

Vou me queixar à professora da quarta série. Ela nem sequer chega a ouvir o que eu digo, Eu danço com você, Vem, ela diz, como se fosse uma resposta lógica às minhas queixas. Em seguida estou dançando com a professora da quarta série, no meio do salão. Todas as garotas assistem. Alguns garotos também. Dançar com a professora da quarta série exige uma coragem ainda maior do que a necessária pra tirar a garota que me ama (mas eu ainda não sei disso) pra dançar. A professora da quarta série não é uma garota, é uma mulher. Eu seguro em sua cintura com apenas dois dedos de cada lado, o polegar e o indicador, fazendo uma pinça. É o máximo de atrevimento que a minha coragem permite. Ela percebe e acha graça, Segura direito aí, Menino, e fecha as minhas mãos em volta da sua cintura. A professora da quarta série está fantasiada de Branca de Neve. Eu também estou fantasiado, mas não sei de quê.

5.

Há uma garota. Ela me odeia. Competimos em tudo que se pode competir. Nossa vida é uma grande disputa. Muitas pessoas, vendo como nós dois vivemos em pé de guerra, dizem que aquele nosso embate vai acabar em casamento.

Quando ela ouve isso, faz uma careta medonha, e me odeia ainda mais.

6.

Há uma mulher. Ela me ama. Escuta mal, de modo que tudo que eu digo pra ela tenho que dizer duas vezes. Há uma mulher. Ela me ama. Escuta mal, de modo que tudo que eu digo pra ela tenho que dizer duas vezes.

7.

Há uma mulher. Ela me ama. Depois de mais de trinta anos vivendo juntos, me pergunta, sem mais nem menos, se em algum momento teria havido um homem.

8.

Há uma garota. Ela me odeia e me ama, depois volta a me odiar, ou a me amar, não sei em que ponto ela se dá por satisfeita. A irmã da garota e eu brincamos de lutinha no sofá. Ela está usando um vestido cor-de-rosa, com botões de pressão na frente. Nós nos agarramos, tentando fazer com que o outro peça penico. Quando o vestido se abre, a irmã da garota reclama, Não pode, Tá na regra, A gente disse que isso não podia. Eu finjo que foi sem querer, Veja bem, O botão é muito frouxo, Ele abre fácil, Não é minha culpa. A brincadeira recomeça, e no meio da confusão eu abro de novo o seu vestido. Enquanto isso a garota fica no outro sofá, assistindo a tudo.

9.

Há uma velha. Ela me odeia. Tão logo eu morra, ela começa a viver.

10.

Há uma garota. Ela me odeia. Aquele nosso embate acabou em casamento.

11.

Houve um homem.

12.

Há uma garota. Ela me ama. A monitora do acampamento é quem vem me avisar, Minha amiga quer dançar com você, ela diz. Depois me pega pelo braço e me arrasta por entre os casaizinhos na pista de dança. A monitora procura a garota que me ama, mas demora pra encontrá-la. Eu gosto da sensação de ser arrastado pelo braço pela monitora, por entre os casaizinhos na pista de dança. A monitora conhece Pixies e fala japonês. É mais velha do que eu e meus amigos, mas não muito. Eu quero que meus amigos me vejam sendo arrastado pelo braço pela monitora, por entre os casaizinhos na pista de dança, como se nós dois tivéssemos um assunto só nosso, algo urgente a resolver lá fora. Torço pra que a monitora não encontre nunca a garota que me ama e fique pra sempre ali, me arrastando pelo braço, na pista de dança, por entre os casaizinhos.

Ciranda da Catarina #9: Lembrança de uma praia que sequer conheço

No começo a loira não me deu muita bola. Mas aí o namoradinho vazou, voltou pro interior junto com a família. Depois disso ela me procurou. No duro? Não me importo. Mesmo. Apenas o suficiente pra ainda me lembrar disso.

Ciranda da Catarina #10: Sexta-feira Santa

A gente bebeu demais e dormiu dentro do carro, com tudo de fora, esperando a feira abrir pra comer pastel. Acordei no carona com um china batendo no vidro. O carro tava estacionado no lugar exato onde eles tinham que armar a tenda. Você riu tanto que não conseguia dar a partida, alguma droga rebatendo. Contei de uma vez que minha mãe dormiu no volante e atropelou uma feira, isso foi em outra cidade, uma que ela não conhecia direito e portanto não sabia em que trecho era seguro cochilar dirigindo, acabou que invadiu justamente a barraca do pastel: arremessou longe o tacho de fritura, queimando de óleo as velhinhas que acordam muito cedo, pra garantir as melhores hortaliças. Você comemorou, ainda rindo, o fato de ter desligado o carro antes de adormecer, algo que se deu apenas por acaso — tudo ao nosso redor uma questão menos importante de tempo, de posição, de velocidade, de temperatura.

Alguém que devia gostar de gatos

Parado em frente ao portão de ferro muito estreito da casa do Escritor, com o polegar esquerdo sobre a campainha, eu hesito por um momento, ou dois, ou três. Fecho os olhos, fustigados pelo vento gelado, o restante do rosto encoberto pela máscara cirúrgica. Percebo o desgaste do botão, que o tempo corroeu e ressecou, e imagino que é a pele de um minúsculo réptil.

Mais cedo, na mesma noite, Gaio e eu saímos meio abraçados de um bar no Alto da XV, onde os literatos curitibanos se reúnem — um bar novo, mas que imita um antigo. Os bares agora estão fechando cedo. Gaio me chama de Caipira, apelido que inventa porque eu sou do interior, e diz que conhece um lugar que desrespeita o horário de funcionamento estabelecido pela prefeitura, um balcão meio secreto, quase clandestino. Empolgados pela nossa recente e arrebatadora amizade, queremos continuar bebendo, então subimos a rua, em direção ao Passeio Público e ao tal *speakeasy*, sem medir muito as consequências.

Antes disso, porém, estou no lançamento do meu segundo livro, o qual finjo não perceber que é muito ruim, ainda pior do que o primeiro. É um evento pequeno, que a minha editora, também de Curitiba, organiza numa livraria que pertence a uma grande rede e fica dentro de um shopping center. O horror. Não há quase ninguém, e eu culpo a pandemia, mesmo sabendo que isso não é bem verdade — as outras lojas do shopping estão cheias. Um pequeno grupo se forma depois dos autógrafos e me convida a acompanhá-los a um bar, que fica nas redondezas. Segundo eles, o convite é uma tradição antiga da cidade. No grupo há um rapaz magrelo e alto, de óculos tartaruga, que veste boina italiana e um suéter de losangos, calça justa e coturnos de couro, além de carregar uma mochila de lona — um *hipster* em traje passeio completo. Seu nome é Gaio e, muito embora mascarado, eu o reconheço do YouTube, de um canal de resenhas literárias. É pedante, metido a erudito, insuportável. Sinto por ele, naquele momento, a mais absoluta e gratuita aversão.

* * *

Desço ao lado de Gaio a rua do bar, os dois meio de porre. Lá pelas tantas ele aponta na direção de uma outra rua, com ares de guia turístico, e diz que é por ali que mora o Escritor — num casarão antigo, imenso, todo detonado.

— Ele ainda tá vivo?

Gaio para e me olha como se eu fosse um alienígena. Interrompe o trajeto do isqueiro, a outra mão já em concha, a boca aberta, o cigarro apenas por acaso pregado no beiço de cima, num ângulo estranho, a máscara pendurada na orelha. Sim, o Escritor ainda tá vivo.

— Tem noventa e cinco anos. Como assim, Caipira? Como você ainda ousa dizer que escreve, que é paranaense? Porra, isso é pergunta que se faça?

Tento me explicar, invento uma desculpa, que sou muito desligado, sou um cabeça de vento. Não é a primeira vez, digo, que alguém toma minha distração por deselegância ou estupidez. Não vou admitir pra Gaio que, diferente dele, não sou um grande fã do Escritor. Faço uma proposta, pra compensar a gafe:

— Vamos passar lá na frente. É muito longe? Vamos desviar, vem, agora eu quero ver essa casa.

A calçada é de pedras, e várias estão soltas, escondem debaixo delas a água da última chuva, um campo minado de pequeninas humilhações. Gaio, curitibano nato, pisa nas pedras certas, mesmo no escuro. Fica o tempo todo puxando pra baixo as alças da mochila, um tique nervoso. Eu, por outro lado, caminho muito atento, olhando sempre pro chão, mas acabo escolhendo as pedras soltas, tropeço, derrapo, sujo os sapatos.

— Esta cidade não é pra amadores, Caipira.

Ele continua, professoral:

— Sabe, o Escritor nunca dá entrevistas. Também quase não há fotos dele, só uma ou outra. Diz que a foto mata o espião. Se um jornalista se apresenta, ele foge na hora. Muita gente nem sabe que mora ali. Mas a verdade é que ele cultivou esse anonimato, essa reclusão, pra assim poder andar incógnito pela cidade, recolhendo suas cenas, seus personagens. É o nosso grande *flanêur*. Também tem uma gigantesca obsessão por reescrever os próprios textos, e por diminuí-los. É sério. Parece uma busca obsessiva pela afasia. Qualquer dia ele vai conseguir, vai chegar num texto sem qualquer palavra. Tem mais, ele também compra todas as edições antigas de seus próprios livros, as edições que chama de palavrudas, só pra tirar os exemplares de circulação. Olha, chegamos, é ali.

Gaio fala de forma apaixonada. O casarão fica numa esquina. Um muro longo, tão comprido que parece um colégio, encimado por cacos de vidro. Há um portão de veículos com uma pichação estranha — duas espirais no mesmo sentido. Paramos por um momento na calçada oposta, tentando enxergar qualquer coisa por cima do muro, sem saber dizer o quê. É tarde, tudo está escuro; se há alguém lá dentro, deve estar dormindo. A fachada da casa é de alvenaria, mas há um sótão, de madeira. Quantos anos tem a construção? Cruzamos a rua. Me agacho pra espiar por baixo do portão, onde parece haver sombra dos pneus de um carro. Gaio me repreende o atrevimento com um olhar. Procuro uma fresta maior no muro. Ilumino com a lanterna do telefone. Confirmo: um fusca, talvez verde, não dá pra ver direito. Será que o grande *flanêur* dirige? Renova de tempos em tempos a CNH, vai ao mecânico, reclama no bar que a gasolina vai subir de preço? Gaio não acha graça, me manda calar a porra da boca.

— Ele tem noventa e cinco anos, seu imbecil. Vem logo, a frente da casa é aqui, na outra rua.

Conto cinco janelas imensas, uma delas cimentada. Tento adivinhar a cor original da casa, mas é impossível, a pintura pode ter sido de qualquer cor, a tinta se foi há muito. Parece mesmo uma casa abandonada. O portão menor, de pedestres, permite ver parte do jardim. Mas não há jardim, só algumas árvores altas. Mais ao fundo, o único sinal de que ali ainda mora alguém: uma lâmpada acesa ilumina uma mesa grande, de madeira de lei, sobre a qual imagino terem sido servidos grandes banquetes dominicais, mas isso em outra época, por outras pessoas. Também dá pra ver a porta principal da casa. Seu interior permanece quieto, adormecido. É quando vejo a campainha. Pergunto a Gaio se ele imagina por que razão alguém tão recluso quanto o Escritor teria instalado uma campainha. Será que ainda funciona? Gaio não responde, provavelmente imagina que eu não me atreveria e arrepende-se de ter me levado até ali.

* * *

A princípio, nada acontece.

— Tá maluco? Tá tarde pra caralho! Respeita o Escritor, porra!

Tiro a mão da campainha e bato palmas, ô de casa, ô de casa. Gaio, três passos atrás, está meio azulado. Alguém abre um palmo da porta principal, e um cão pequinês escapa pela fresta, vem latir no portão. O latido, agudo, ecoa pela rua vazia. Me abaixo pra acariciar o cão, que lambe os dedos que enfio pela grade.

— Gaio, você não acha que alguém como o Escritor devia gostar de gatos?

A porta se abre por completo. Vejo sair uma senhora muito velha, sorrindo, de roupão branco e chinelas de usar em casa. Traz na mão direita um molho de chaves. Seus cabelos são acinzentados, mas de um cinza escuro, como a pele de um elefante. Não se preocupa em vestir máscara. Arrasta devagar as chinelinhas até o portão, que abre com facilidade. Obrigado pela noite, Gaio, mas não vou te convidar pra entrar, não hoje. Espero que entenda. Te vejo por aí.

Anotassonhos

1.

Quem pode mais chora menos. Quem sonha mais corre menos. Mas no sonho não consigo chorar nem correr sem mais nem menos.

2.

Sentado em frente ao notebook, cuja tela ilumina meu rosto tal qual a lâmpada interna de uma geladeira, os dedos a meio caminho do teclado e dobrados como as garras de um papagaio de pirata, tento me lembrar do sonho que estava tendo ainda agora, quando me levantei da cama, porém percebo que já não me lembro de nada, e que mesmo antes, quando ainda estou deitado, com a cabeça num travesseiro que não reconheço como o meu, mesmo então já não me lembro do sonho e, sendo assim, de nada adianta levantar, calçar os chinelos e vir até aqui, até essa cadeira em frente à tela, pra tentar me lembrar de um sonho que eu já tinha esquecido antes.

3.

Um cavalheiro espera durante anos que eu lhe desafie pra um duelo. Descubro isso apenas hoje, lendo o depoimento que ele publicou em livro, e me sinto de súbito muito antipático.

4.

Ganho de presente um caderno de receitas, em branco. Tento escolher uma caneta que sirva pra começar a anotar receitas. Não consigo me decidir, todas parecem boas.

5.

Não consigo escrever diários. Desde criança. Na escola, as crianças ganham uma agenda no começo do ano, pra anotar os compromissos. Terça-feira, quinze horas, catecismo. (Acho que a diferença entre um diário e uma agenda é a seguinte: no diário você só pode escrever o que acontece; na agenda você pode escrever qualquer coisa, mas depois tem que fazer com que a coisa que você escreveu aconteça.) Quarta-feira, treze e trinta, cataclismo. Meu compromisso com o preenchimento da agenda dura só até a segunda semana de aula, no máximo. Depois a agenda fica em branco. Carrego a agenda em branco pra cima e pra baixo, até o ano acabar. No ano seguinte ganho uma agenda nova, pra anotar os compromissos.

(Eventualmente, a Professora, que se chama Marilda ou Elisa ou Olésia, mas nunca Maria, usa a agenda pra mandar uma advertência pros meus pais, quando eu deixo de cumprir algum compromisso. No dia seguinte eu tenho que trazer a agenda de volta, com a advertência assinada, mas eu sei que de vez em quando a Professora esquece de conferir.)

6.

Acordo no travesseiro da Rannah e ela no meu, todos os dias. Não sabemos explicar como nem por quê.

7.

Curvado em frente à geladeira, cuja lâmpada interna ilumina meu rosto tal qual a tela de um notebook, tento escolher algo pra comer entre muitas coisas que não me lembro de ter comprado.

8.

Que fim levou o velho que rouba canetas nas festas de lançamento de livros?

9.

O dia de hoje já teria amanhecido se fosse um dia de amanhecer. São sete e quinze da manhã. Falta alguma coisa nesta frase.

10.

Percebo que posso ter me esquecido do sonho muito antes de ter me sentado aqui, nesta cadeira em frente à tela, isso porque quando acordo e mesmo antes de me levantar, como acredito que já disse, me esqueço do sonho já naquele momento, mas posso tê-lo esquecido ainda antes, quando ainda estou dormindo, por exemplo, ou antes, digamos, antes mesmo de me deitar pra dormir, de deitar a cabeça no travesseiro que ainda é o meu, quando visto o pijama, esse traje dos mais ridículos.

11.

Ligo pro meu último amigo e, enquanto ele não atende, penso em perguntar se ele sabe o que aconteceu com os outros.

12.

Resolvo sair de casa. Tenho um problema pra resolver. Tenho um problema pra resolver sair de casa. Problema, resolvo resolver o problema de casa.

13.

Um vendaval derruba quatro torres da Companhia Paranaense de Energia. A cidade inteira está no escuro. Em algum lugar, há alguém cozinhando no escuro, seguindo uma receita de um caderno de receitas, que foi escrita com uma caneta roubada. O escuro faz com que o tempo de forno seja um engano. O escuro faz com que se dance com a colher de pau.

14.

O cavalheiro, na porta da sua casa, boceja pra rua.

15.

O velho usa a mesma caneta pra pegar autógrafos nas festas e pra anotar receitas, mas se quisesse poderia usar outra.

16.

Me lembro de um sonho recorrente que eu tinha quando era criança. Entre aquele sonho de criança e este sonho que eu agora esqueço, deve ter havido outros. Sendo assim, é seguro dizer que este sonho de agora e o sonho de então são coisas muito diferentes, como maçãs e laranjas, mas não me sinto seguro pra dizer o mesmo em relação a todos os outros sonhos, porque poderia ser uma mentira — mas não seria o fim do mundo (ou quase).

17.

Pode deixar, que pegue quantas canetas quiser, todo mundo que tinha que chegar já chegou. Veio bem menos gente do que a gente esperava, e isso porque a gente já esperava pouca gente. Além do mais, muita gente já foi embora, gente que a gente esperava e também gente que a gente não esperava.

18.

Quando meu último amigo finalmente atende à ligação, pergunto se ele é o cavalheiro que espera durante anos que eu lhe desafie pra um duelo (e vice-versa).

19.

(Professora Olésia desta vez se lembra de conferir a advertência que mandou pros meus pais, e que não está assinada. Não quero correr o risco de pedir a assinatura dos meus pais de manhã tão cedo se ela de vez em quando se esquece de conferir. O resultado é uma nova advertência.)

Escrevo com letra miúda na última página da agenda em branco que carrego pra cima e pra baixo: sou um papagaio de pirata em busca de um pirata.

20.

Também eu, cavalheiro, faço anotações pra me lembrar, ora, se não é pra isso que se faz anotações. Minhas anotações, como as suas, são libelos contra o esquecimento, partes de um mesmo todo e nem sempre suficientes, é verdade, muitas vezes a anotação é apenas um farol pra algo maior, algo que se esquece — como alguma coisa que falta na frase e a deixa sem qualquer brilhantismo, fator importante num duelo entre cavalheiros. O que falta, por mais que eu não leia pra ninguém, também vai comigo no meu bolso, não é mesmo não é mesmo não é mesmo.

Ciranda da Catarina #11: Sábado de Aleluia (Nossa Senhora da Solidão)

O gelo no copo: um relógio tosco onde só eu sei ver as horas.

Ciranda da Catarina #12: Receita de família

Um pato de estimação vai parar na panela por engano. Uma panela de estimação vai parar na vizinha por engano. Uma vizinha de estimação vai parar na polícia por engano. Uma polícia de estimação vai parar no escândalo por engano. Um escândalo de estimação vai parar no noticiário por engano. Catarina e sua mãe comem o pato ensopado com arroz e legumes, receita de família, enquanto assistem ao noticiário e percebem que a mãe se enganou na quantidade de sal, sem perceber qualquer outro engano.

Continuidade dos sonhos

Dormir na casa da vó era diferente de dormir em qualquer outro lugar. Sabrina achava aquele quarto o melhor lugar do mundo. E a coisa que ela mais gostava de fazer quando estava lá era dormir. Era um quarto muito simples, mas que a vó tinha decorado especialmente pra ela, sua única neta. Sabrina gostava do cheiro do quarto, uma mistura de flores brancas e Babalu melancia; gostava do fato de que a vó tinha costurado ela mesma as cortinas, as almofadas, a colcha quadriculada da cama; gostava da porta do quarto, que não era bem uma porta, era uma franja de retalhos, pra não deixar entrar os mosquitos; gostava sobretudo de como a vó arrumava a cama pra ela dormir, logo depois do jantar, fazendo uma dobra no edredom com todo o capricho e deixando à mostra o lençol muito branco que havia por debaixo. Na mesa de cabeceira, um abajur aceso e uma moringa com água, e ao lado a cadeira pesada de madeira com encosto de veludo verde, onde a vó se sentava e lia pra Sabrina um livro pequeno de capa dura, sempre o mesmo, até que Sabrina pegasse no sono. Isso desde pequenininha, o que a levava a suspeitar, agora que tinha crescido um pouco, de que sua vó talvez estivesse inventando todas aquelas histórias.

Nas manhãs que se seguiam, Sabrina se sentia muito feliz, cheia de uma energia diferente. Se por qualquer motivo ela se sentisse triste, era só pedir aos pais pra dormir na casa da vó. Antes de se levantar, ela ficava deitada por um minuto a mais e tentava puxar pela memória, sem sucesso, a história que a vó contava no dia anterior, e o momento exato em que tinha adormecido. Os sonhos de Sabrina naquele quarto também não se pareciam em nada com os que ela tinha quando dormia na própria cama — eram antes fragmentos de uma coisa só, de um mesmo longo devaneio. As histórias que a vó contava, por sua vez, eram muitas, e muito variadas.

Sem saber se no sonho ou na história, Sabrina subiu a rua escapando de uma brincadeira que as crianças faziam, e era a rua da casa da vó. Entrou pisando descalça no encerado vermelho e foi direto ao último quarto, como de costume; cruzou a porta de franja de retalhos e sentiu imediatamente cheiro de flores brancas e Babalu melancia, depois se sentou na cadeira pesada de madeira, no lugar da vó, mas antes acariciou com a mão esquerda o veludo verde do encosto, uma vez e outra. Na cama, viu a vó com os dedos entrelaçados sobre o peito, os cabelos ainda brancos, ainda mais brancos que o lençol. Entre as duas, na mesa de cabeceira, ao lado do abajur aceso e da moringa, um punhal. Sabrina precisava decidir, naquele momento, se inventaria a história que estava prestes a ler no livro pequeno de capa dura.

Notícias em três linhas

Um helicóptero que sobrevoava a praia em busca de uma menina afogada socorreu ontem o jovem Eloy Bueno, que, enquanto corria, tropeçou na corda de uma barraca e teve a cabeça transpassada pelo gancho que prendia a tenda na areia. A menina, todavia, não foi encontrada.

(Ilha do Mel — 2018)

* * *

Foi na Barbearia Líder. Américo, o novo prefeito, fazia a barba. Escapou por pouco dos tiros. Atribui-se o atentado a Aníbal, seu desafeto político. Era véspera de Natal. O pistoleiro foi Santo Ribeiro — que, de santo, não tinha nada. Nem ele nem nenhum dos envolvidos.

(Maringá — 1956)

* * *

Cinco caras foram detidos depois de se envolverem numa pancadaria, dentro de uma unidade da rede de lanchonetes *Five Guys*. Três deles eram adolescentes e dois, adultos, mas no total eram, definitivamente, cinco caras. Não se sabe o que causou a briga.

(Stuart — 2015)

* * *

Os novos bonecos de neve parecem tão estropiados quanto os que foram registrados em fotografias, hoje desbotadas, da Nevasca de 1975. Se é verdade que naquela ocasião havia mais neve, havia também menos máquinas fotográficas, muito menos.

(Campo Largo — 2013)

* * *

Segundo John Dos Passos, a terra aqui era mais vermelha que o vermelho. Lembrava o Oeste selvagem de cem anos atrás, aquele de Mark Twain e de Bret Harte, mas os pioneiros brasileiros tinham jipes em vez de cavalos, e chegavam de avião em vez de diligência.

(Maringá — 1962)

* * *

Dentro da garrafa havia um pedaço de papel dobrado, onde alguém tinha escrito com caneta esferográfica azul um total de dez linhas. Como foram escritas em alfabeto cirílico, a única parte que Tyler decifrou de pronto foi a data, no pé do documento: 20/06/1969.

(Shishmaref — 2019)

* * *

O escritor Ademir Demarchi, 51, reconheceu a assinatura de Valêncio Xavier num livro, durante uma garimpagem. A biblioteca que pertenceu ao autor está à venda em dois sebos da cidade. Os familiares de Valêncio não quiseram dar entrevista.

(Curitiba — 2011)

* * *

O missionário Miranda Leal se recusou a marcar uma nova entrevista para o dia 4 de janeiro, caso o arrebatamento, previsto pra acontecer entre os dias 25 e 31 de dezembro, não aconteça. "Não posso marcar um compromisso porque não estarei aqui", garantiu.

(Maringá — 1999)

* * *

Em 1989, a comissão técnica do *Portland Trail Blazers* fez uma proposta para que Rolando Ferreira fingisse estar lesionado, liberando, assim, sua vaga no time, a fim de que pudesse ser ocupada por um jogador mais experiente. Ferreira se arrepende de sua decisão.

(Curitiba — 2000)

* * *

O vocalista Ian Curtis, quando perguntado sobre o futuro, disse que apenas queria continuar tocando e curtindo as coisas que tocava, caso contrário seria a hora de desistir, seria o fim. A banda planeja agora sua primeira turnê americana.

(Manchester — 1980)

* * *

Sue Cudilla e Noel Beronio, candidatos à prefeitura, receberam o mesmo exato número de votos (3.495). A legislação prevê que o desempate seja feito por sorteio, mas eles concordaram em resolver no cara ou coroa, melhor de três. Sue venceu.

(Araceli — 2017)

* * *

O ex-preso enviou flores e um cartão à polícia: "Obrigado pelo bom tratamento, definitivamente 5 estrelas! Mas não quero voltar. Obrigado, B.". O departamento agradeceu a gentileza e disse que também não espera revê-lo.

(Den Helder — 1997)

* * *

Skirmantas Strimaitis surpreendeu-se ao entrar no avião, um Boeing 737-800, e ver que era o único passageiro a bordo. Além de Strimaitis, voaram os dois pilotos e cinco tripulantes. Apenas uma das 188 passagens que foram postas à venda foi comprada.

(Vilnius — 2009)

* * *

Aventa-se, hoje, que Julio Cortázar pode ter contraído HIV numa transfusão de sangue, a que fora submetido por ocasião de uma hemorragia estomacal, e que teria sido Aids a causa de sua morte. A doença, na época, ainda não tinha nome.

(Buenos Aires — 2001)

* * *

O corpo de Odete estava dentro de sua Caravan, numa ribanceira do Bosque II. A cena dizia "acidente", mas seus ferimentos, sobretudo os do rosto, contam outra história. O irmão fora assassinado no ano passado, dentro da empresa que os dois, na época, dirigiam juntos.

(Maringá — 1982)

* * *

Ontem, a ginasta He Xuemei realizou o último Salto Thomas de uma competição oficial de ginástica artística feminina. Em 1980, Elena Mukhina ficou tetraplégica depois de tentar o Thomas e cair de queixo. Na ginástica masculina o movimento continua permitido.

(Barcelona — 1992)

* * *

Dizem que um furgão do laticínio caiu dentro de um ribeirão e as peças de queijo ficaram boiando na água, o que chamou a atenção da polícia. Tavam cheias de cocaína. Perto do Parque Industrial, uma pichação diz: "Chico Mussarela, seu queijo me dá a paz".

(Maringá — 2005)

* * *

Os camponeses usam a sucata das bombas para fazer ferramentas e utensílios — tudo, de tigelas a baldes, barcos, colheres, enxadas, palafitas, sinos de vaca e pedestais para antenas parabólicas. De quando em quando, uma delas explode.

(Laos — 1998)

* * *

Só sente conforto quando vê os cartazes do *Lions Club*, com os retratos de crianças desaparecidas no Paraná. "Porque em janeiro sumiu uma criança, em fevereiro sumiram duas, em março, três, em abril sumiu Evandro e, depois, ninguém mais", diz Diógenes.

(Guaratuba — 1992)

* * *

Por estar numa via expressa, o motorista só poderia parar o ônibus numa emergência. A passageira, desesperada pra fumar, desistiu de tentar convencê-lo e se pendurou pra fora da janela. Depois que ela foi esmagada pelas rodas, o ônibus pôde parar na via expressa.

(Luanda — 1989)

* * *

As "Notícias em três linhas" de Félix Fénéon ocupariam, hoje, uma linha e meia, quando muito. Isso porque a formatação mais usada agora em documentos de texto (*Times*, 12) difere muito da que era usada no *Le Matin*, gazeta parisiense do início do século passado.

(Maringá — 2021)

Ciranda da Catarina #13: Se eu já matei alguém?

Acho que não, mas também nunca voltei pra conferir.

Ciranda da Catarina #14: Visita íntima

Anunciaram-lhe a visita de sua mãe, mas, ao chegar no pátio da penitenciária, Catarina não reconhece a senhora que, dizem-lhe, está ali pra vê-la, uma senhora muito aflita, tão diferente de sua mãe, segura uma bolsa de pano com mão de unhas roídas. A desconhecida quando a vê desata a chorar e a dizer minha filha minha filha, depois abraça Catarina com força, um abraço gostoso. Sua mãe é alegre, Catarina se lembra, não tem nada a ver com essa velha triste.

No início sua mãe não lhe pergunta nada, fica só passando a mão pelo rosto de Catarina e dizendo que ela está muito magra, lamenta pra si mesma que a filha esteja sendo tão maltratada ali dentro. A mão de sua mãe é enrugada como um pé de galinha, mas tem pelinhos macios, agradáveis. Logo passam a conversar amenidades e a sorrir uma pra outra. Catarina tem medo de dizer um disparate, de cometer alguma gafe que desmascare aquela farsa e que leve sua mãe a tomar consciência do teatro que as duas representam e que está, é evidente, fazendo um bem danado a ambas.

Sua mãe tira da sacola um pote com bolachas de nata, aquela que você gosta, diz. É uma bolacha seca, farelenta.

Catarina come rápido demais e engasga-se. Como o horário de visita estivesse chegando a termo, pergunta se a mãe voltará na semana seguinte, e a mãe promete que sim.

Perdoa, Don'Ana

— Você deixou queimar o feijão — a velha diz. — De novo.

— Perdoa, Don'Ana.

Observo a velha. Vem vindo do fogão. Traz um prato fundo de lata, cheio de um feijão cozido, grosso. Na outra mão traz a bengala. Deposita o prato na mesa da cozinha, que é pesada, de madeira maciça, e coberta por duas toalhas, uma xadrez e outra de plástico. Arrasta a cadeira antes de se sentar na minha frente.

A velha alcança um pacote em cima da mesa. O cardápio é sempre o mesmo: feijão, farinha. Podia ser outro, porque quem cozinha sou eu, mas a velha não gosta de mais nada. Come de boca aberta, perdendo grãos pela toalha, pelas fraldas. Raspa a colher no fundo do prato, faz estalos com a língua. O barulho da velha mastigando não me acalenta.

Sei que a velha tem família, porque sua filha foi quem me contratou. Depois sumiu, não ligou mais, não veio visitar. Nem ela nem mais ninguém. Imagino um dia em que a filha viesse. A velha trocava o menu, se animava a matar uma galinha, me pedia pra fritar uma carne da lata.

A velha come devagar. Quando o prato estiver vazio, vai me chamar pra jogar baralho. Sei disso porque é assim que passamos as tardes. A velha sempre me faz o convite como se aquilo fosse uma gigantesca novidade, como se nós duas nunca tivéssemos nos sentado aqui, nesta mesma mesa, pra jogar tranca. A velha baixando os jogos por entre os restos de farinha, de feijão amassado, marcando os pontos com os grãos ainda crus. Eu penso em recusar o convite, em dizer que tenho que ir pro Centro pagar uma conta, comprar um vestido ou coisa que o valha, mas a velha me chama pra jogar e nesse momento ela faz o convite como se ele fosse de fato irrecusável.

De noite eu ouço um choramingo que vem do quarto da velha. Imagino que seja um pesadelo, um pesadelo meu ou da velha, e então ela começa a chamar o meu nome, uma vez, duas, ouço o barulho de algo caindo no chão, um copo, uma caneca, mas não quero levantar, finjo que não escuto nada, olho pro relógio na mesinha de cabeceira, três e trinta e sete, eu sei que a velha precisa de ajuda, que não consegue levantar sozinha da cama, só quando ela começa a gritar é que eu fico com vergonha dos vizinhos, com medo de que alguém escute, que resolva chamar a polícia. Então eu levanto, calço os chinelos e vou ao quarto da velha.

De manhã ela se senta numa cadeira de fios, em frente à casa, e fica olhando a rua. Crianças chutam uma dente de leite, as balizas são latas de óleo, vazias. A velha sorri, torce pra um dos times, quase dança, bate palmas. Não parece que gritou, que chorou, que se debateu a noite inteira. Volto pra cozinha curiosa pra saber de onde vem a disposição da velha, aquela alegria súbita, será que a velha tem netos, gosta tanto de ver as crianças, os brinquedos. Um dos garotos dá um chute mais forte, a dente de leite cai no espinho da roseira, o jogo acaba.

Sento-me à mesa. Eu, ao contrário da velha, estou me arrastando, sinto os braços e as pernas pesados, como se carregasse os membros de alguém muito maior, como se não tivesse dormido nem mesmo um minuto. Meus olhos ardem, querem pular do rosto. Apoio a testa na toalha de plástico, sinto a textura da toalha xadrez. O barulho da panela de pressão no fogo é ritmado, tem um balanço bom, uma saudade.

* * *

— Você deixou queimar o feijão — a velha diz.

— Perdoa, Don'Ana.

História de terror (de duas frases) que alguém copiou da Internet

Ele podia ouvir coisas que ainda não tinham acontecido, coisas que só aconteceriam no futuro, dali a exatamente um ano.

Um dia (hoje), os ruídos cessaram.

* * *

[digamos que alguém se coloque então a imaginar o que esse personagem faria agora que sabe que vai morrer, mas não já, só vai morrer daqui a um ano — não um ano e um dia ou mesmo um ano menos um dia (ou dois), mas sim um ano, um ano de maneira absolutamente precisa, porque é isso que diz a história que alguém copiou da Internet, de um site de histórias de terror de duas frases, algo que parece ser — ou, pelo menos, parece ter sido, em algum momento — uma espécie de febre mundial, de *hype*, uma coisa que as pessoas fazem (ou faziam) pra impressionar ou apavorar ou causar qualquer outra espécie de efeito num hipotético, improvável e cada vez mais enfastiado leitor, não é por isso que se resolve escrever no fim das contas, mas digamos que alguém então imagine que esse personagem sem nome, identificado pelo pronome pessoal Ele (um personagem masculino, portanto), ao saber que tem um ano de vida, nem mais nem menos, resolve ir a uma papelaria e comprar uma agenda, porque é dezembro, já se vendem agendas do ano que vem, depois decide marcar na agenda que acabou de comprar o dia em que vai morrer, faz um grande X de caneta vermelha (**STABILO©**, tinta molhada, fininha) no dia correspondente e escreve embaixo com caligrafia sóbria, *dia em que vou morrer*, parece uma boa primeira providência pra esse personagem, é dramático mas não melodramático, porém também não é o bastante, é preciso saber o que ele vai fazer depois disso, e depois, e depois, até o final, é preciso imaginar tudo, todo o resto, porque a história de duas frases, por mais que funcione muito bem pra causar efeito num hipotético, improvável e cada vez mais enfastiado leitor, muito mais do que um bizarro conto que alguém resolva escrever com base nessa história, a título de justificação (ou qualquer coisa do tipo), a história de duas frases não explica muito, ela não deixa claro, por exemplo, quem é esse personagem que vai morrer, se ele tem uma família, um emprego, se é feliz, doente, chinês, um ascensorista, um samurai, onde ele está quando os supostos ruídos cessam, se é mesmo dezembro, se já se vendem agendas do ano que vem, o que ele estava fazendo, e, sobretudo, o que fará daquele ponto da história pra frente, como escolherá viver seu último ano, seus últimos trezentos e sessenta e cinco dias (ou trezentos e sessenta e seis, se o ano for bissexto, quem sabe — isso é outro ponto que a história de duas frases não elucida, alguém pode achar que o fato de aquele ser ou não ser um ano bissexto e a confusão que isso poderá causar caso o personagem queira, ou precise, definir com exatidão o dia em que vai morrer, alguém que frequentemente se engana pode achar que isso é uma boa ideia pra se incluir no conto, talvez não agora mas sim mais pra frente, quem sabe), nada disso está contido na história de duas frases — nem seria razoável esperar que estivesse, considerada sua extrema concisão e o ensinamento que alguém recebeu há pouco, numa oficina literária, de que é tão importante o que uma história deixa de dizer quanto o que efetivamente diz, sobretudo uma que se queira tão curta (e que era ainda mais curta no idioma original, quando alguém a copiou da Internet, tendo sido expandida apenas por impaciência e por inaptidão tradutória), talvez por isso imaginar uma segunda providência pra esse personagem seja ainda mais difícil, porque um ano parece tempo insuficiente pra que se deixe de ser samurai ou ascensorista (além do mais, é impossível deixar de ser chinês) e se busque ser alguma outra coisa, pode ser o bastante pra se tornar infeliz ou doente, talvez ele passe a ter dificuldades pra dormir com tanto silêncio, como quem, acostumado com o silêncio, tem dificuldades pra dormir com tantos ruídos, venham eles do futuro ou de qualquer outro tempo ou lugar, pois se por um lado parece um clichê levar o personagem a fazer loucuras ou a pedir desculpas ou a dilapidar o seu patrimônio ou a abandonar a família, ou seja, a viver de modo diverso do que vivia até então (um modo que, lembremos sempre, não está contido na história de duas frases, o passado e o futuro do personagem não existem, são apenas suposições), por outro lado supor que ele vai continuar vivendo da mesma forma, que vai ignorar o silêncio, o macabro silêncio que lhe sobreveio, isso por sua vez parece preguiça de alguém, ou obtusidade, parece insuficiente, é preciso que algo se altere ou então é melhor desistir logo, não seria nenhuma novidade, alguém já desistiu muitas vezes, muito mais vezes do que perseverou, mas se por acaso ou teimosia resolve continuar, só dessa vez, é possível que chegue à conclusão de que o personagem, se ele sabe que vai morrer daqui a um ano, pode dizer igualmente que não vai morrer antes disso, algo que ninguém mais além dele pode afirmar com certeza, sobretudo hoje em dia, num mundo pandêmico, degradado, poluído, mas o mundo do personagem é outro, é a ficção, ele então tem um superpoder, não importa o que faça, não vai sucumbir, não antes de decorrido um ano, um ano completo, ora, encarar as coisas assim chega a ser quase otimismo, *always look on the bright side of life*, com assobiozinho e tudo, ele pode beber veneno, pular de uma ponte, desafiar a milícia, lutar boxe em Barcelona, traficar armas de fogo no continente africano, tudo isso de maneira impune, basta que alguém se sinta disposto a levá-lo a tanto, se sinta capaz de fazê-lo dentro do contexto de um exercício de escrita, proposto no âmbito de uma oficina literária, que prevê a criação de um conto de até nove mil caracteres, incluídos aí os espaços ("espaços são caracteres"), o que não parece no entanto ser o caso, alguém não se sente apto, mesmo que lhe ocorra agora o final do conto, o final que o conto teria se fosse levar a termo a empreitada (o personagem, fosse ele chinês ou um ascensorista ou samurai, tivesse ele escolhido mudar ou não seu estilo de vida a partir do ponto em que se dá o silêncio, o silêncio aterrador dos ruídos do futuro, iria, em algum momento, talvez um dia antes do dia marcado na agenda, o *dia em que vou morrer*, iria voltar a ouvir coisas que ainda não tinham acontecido, coisas que só aconteceriam no futuro, então ouviria vozes num idioma estrangeiro e um choro desesperado que reconheceria como o seu próprio, sem reconhecer no entanto o efeito que isso causaria num hipotético, improvável e cada vez mais]

BRUNO VICENTINI

nasceu em Cascavel (PR), mas foi levado pra Maringá (PR) quando ainda era fedelho. Aos vinte e um, com o microconto "Vendeu os cabelos pra comprar um chapéu", perdeu um concurso literário. Participou também de uma coletânea (livro composto em tipo *Baskerville* e impresso pela Imprensa Oficial, sobre pólen soft 80g/m² em maio de 2017 para a Biblioteca Pública do Paraná) chamada *15 formas breves — Contos de jovens autores paranaenses*, quando ainda era jovem.

este livro foi editado

no inverno

de 2022